KB090833

자,
서
재
필

민족의 지도자,

서재필

서동애 지음

글라이더

추천사

청소년을 위한 민족의 지도자 서재필 박사 전기소설이 출간된 다는 서동애 작가의 말을 듣고 가슴이 울렁거렸다. 고향 가내마을에 가면 나를 반갑게 맞이하는 건 박사님의 생가와 기념 공원이다. 왜 개화사 연구의 선구자 이광린 선생께서 서재필을 '한국의 볼테르'로 칭했을까 궁금했다.

그런데 이번에 출간된 이 책을 읽고 궁금증이 해소되었다. 두메산골 외갓집에서 태어나 드라마틱한 생애를 살다 가신 겨레의 큰 스승의 일대기를 따스하고 친근한 언어로 새롭게 재조명하였다는 점에서 작가의 힘이 돋보이는 쾌거이다. 사랑하는 가족을 희생시키며 오직 조국을 위해 헌신적 삶을 사셨던 선각자의 삶은 모든 독자에게 큰 울림이 될 것으로 확신한다.

- 서재필 외종현손 시인 이남섭

《민족의 지도자 서재필》은 아동, 청소년 도서로서 전기소설이다. 이 같은 전기소설의 덕목은 무엇일까? 소박하고 친근한 언어, 시간 순서에 따른 순행적인 구성, 주인공의 정확한 행적 등일 것이다. 이런 측면에서 이 책은 탁월한 전기소설이라고 할 수 있다.

특히 이 소설의 전개는 빠르고 박진감이 넘친다. 이는 작가의 철저한 자료 섭렵의 결과라고 여겨진다.

따라서 개혁가, 언론인, 계몽운동가, 독립운동가, 의사, 소설가 등 여러 부문에서 인생을 산 서재필 박사에 대해 이 책이 충분히 답해 주리라고 믿는다. 청소년들은 작품 주인공과 동일화 심리가 강하므로 좋은 전기소설은 그들에게 꿈을 심어주는 '영혼의 비타민'이라고 해도 지나친 말이 아닐 것이다. 이 땅의 청소년들이 이 소설을 인생의 나침반으로 삼아 고결하고 올곧게 자라기를 바라는 마음에서 이 책을 망설이지 않고 추천한다.

- 소설가 정찬주

작가의 말

한국의 볼테르
송재 서재필

　우리나라 근대사에는 꺼져가는 국운에 맞서 온몸과 온 마음을 바친 민족 지도자들이 참 많다. 그중에서도 이 책의 주인공 송재 (松齋) 서재필 박사는 우리 근대사에 빼놓을 수 없는 발자취를 남긴 인물로 그의 생애와 활동은 오늘날 우리 후손들에게 역사의 큰 거울이 된다.

　지난해 여름, 전남 보성군 가내마을 천상재에서 열린 인문학 강좌에 참여했다. 강좌가 끝난 후 서 박사의 외가 성주 이씨 외종 현손의 안내로 생가를 둘러봤다. 그가 태어난 초당은 한국 전쟁 때 불에 타 소실되었다가 다시 복원되었다. 내친김에 얼마 떨어지지 않은 곳에 있는 기념관으로 갔다. 전시된 자료들을 보면서 그가 얼마나 훌륭한 일을 했는지 새삼 놀라웠고 숙연해졌다.

서재필 박사는 구한말 격동기에서 해방 정국의 혼란기에 이르기까지 파란만장한 우리 근대사에 역사의 증인으로 살았다. 나이 스무 살에 청나라에 의존하려는 척족 중심의 수구당을 몰아내고 실질적인 독립과 개혁 정치를 이룩하고자 갑신정변을 일으켰다.

문벌 폐지와 인민 평등권을 확립하고 봉건 군주시대의 적폐를 청산하여 새로운 국가를 세우기 위한 것이었다. 그러나 수구세력이 끌어들인 청나라군에 진압되어 갑신정변은 삼일천하로 끝났다. 그는 목숨을 구하기 위해 고국을 떠나 일본으로 갔지만 생계 곤란과 신변의 위험이 커지자, 미국으로 망명했다. 이미 가족들은 역적으로 몰려서 처형되거나 비참하게 죽어서 다시 고국으로 되돌아갈 수 없는 상황이었다.

갑오개혁으로 역적의 신분에서 벗어나자마자 백성들을 계몽하는 일에 앞장섰으며 개화 정책을 알리기 위해 독립신문을 창간했다. 독립협회를 조직하고 청나라 사신을 맞아들이던 영은문을 헐고 독립문을 세워 자주독립을 외쳤다.

이런 일에 얽혀서 다시 조국을 떠날 수밖에 없었던 서재필 박사는 망명지 미주에서 일제의 억압에 신음하는 조국의 광복을 위해 세계 여론과 각국 지도자들에게 호소했으며, 사재까지 털어서 구국 활동에 온 힘을 쏟았다.

그러다가 1951년 1월 5일 밤. 여든일곱 살의 서재필 박사는 자

나 깨나 걱정하던 고국 땅을 다시는 밟지 못하고 두 딸이 지켜본

가운데 쓸쓸히 눈을 감았다.

　1994년 4월 필라델피아 서쪽 로렐 묘지에 묻혀 있던 유해는 43

년 만에 고국의 품으로 돌아와 국립서울현충원 애국지사 묘역에 안장되었다. 살아 있었다면 세 번째 귀국길이었으며, 생전의 마음이라면 유족 없는 봉환보다는 해방 후 반세기가 지나도록 통일 국가를 이루지 못한 것에 아쉬워했을 것이다.

현충원에 안장된 날을 기념하여 보성 문덕면 기념관에서는 송재 문화제가 열리고 있으며, 독립신문 창간 날인 4월 7일 신문의 날에는 그의 이름을 따서 제정된 언론인 상도 매년 수여되고 있다.

학자 중에는 프랑스의 대표적 계몽 사상가인 볼테르와 견주어 서재필 박사를 '한국의 볼테르'라고 평을 하기도 한다. 그의 책은 이미 여러 권 나와 있고 연구 논문도 수없이 많다. 그러나 아동·청소년이 읽을 수 있는 책은 아직 발간되지 않았다. 그 기회를 내가 얻어서 쓰게 되었으니, 보람과 자긍심을 느끼는 행운이 아닐 수 없다. 무엇보다 탄신 160주년과 현충원에 안장된 지 30년이 되는 해에 책을 내놓게 되어 더욱 뜻깊은 일이 될 것 같다.

이 책을 쓸 수 있도록 많은 자료를 주신 (사)송재 서재필 기념 사업회와 감수를 해주신 성주 이씨 종친회 이남섭 회장님께 감사드리며 그 외에 조언과 격려를 해주신 분들께도 고마움을 전한다.

서재필 박사 탄생 160주년을 기리며
서동애

차례

외가에서
태어난 아이

삼면이 산으로 둘러싸인 전남 보성의 포근한 작은 산골 가내마을, 설날이 지난 며칠 후 하얀 눈발이 간간이 내리던 평온한 날이었다. 이조참판을 지낸 이유원의 아들 이기대의 집 초당에서는 다섯째 딸이 새벽부터 아이를 낳으려는 기미를 보였다.

"으앙, 으앙!"

우렁찬 아기의 울음소리가 온 마을에 퍼졌다.

"마님, 또 아들이어라, 아들!"

진통으로 땀이 범벅된 이씨 부인에게 산파가 외쳤다.

"허허, 그 녀석 울음소리가 꽤 우렁차구나."

뒷짐을 지고 초조하게 사랑채 뜰을 거닐던 큰 외삼촌은 힘차게 우는 아기 울음소리를 듣고 안도하며 흐뭇한 미소를 지었다.

"팔다리가 늘씬늘씬하고 이목구비가 훤칠한 게 아버지 서 진사를 똑 닮았구나."

이기대의 부인은 갓 태어난 아기를 안아서 산모에게 보여주었다.

"어머니, 그게 정말이세요?"

힘겨운지 실눈을 뜨고 물으면서 산모는 아기와 첫 대면을 하면서 태몽을 떠 올렸다. 초당 옆 아름드리 뽕나무 두 그루 사이 바위 위로 청룡이 몸을 틀면서 승천하는 꿈을 꾸었다. 태몽임을 직감하고 그 자리에 있던 뽕나무 잎을 따서 갈아 마시고 아기를 잉태했다.

자작일촌을 이룬 성주 이씨 집안의 풍습대로 출가한 딸이 친정에서 아기를 낳으면 장래 촉망받은 사람이 된다고 하여 반드시 친정에서 낳았다. 그때 외가에서 태어난 아기가 서광언 진사의 둘째 아들 서재필이었다.

재필이 태어난 날, 아버지 서 진사도 10년간 처가에서 공부하여 과거 시험에 합격했다. 집안에 두 가지 경사가 겹쳤다 하여 재필의 아명을 쌍경이라 지었다.

그의 외가는 천 석을 거두는 부자였다. 외조부는 학문을 좋아하는 기질을 타고났는지 가은당, 천상재, 일감헌 등 학당을 설립하여 수천 권의 책을 비치하고 여러 곳의 선비들이 모여서 학문

을 연구토록 했다. 소년 재필은 셋 학당 중 천상재에서 책과 노니
였다. 네 살 때부터 큰 외삼촌에게 한문을 배워서 어려운 한자 뜻
을 풀어 읽었고 천자문과 동몽선습을 땔 정도로 무척 영특했다.
높고 준수한 둥그스름한 얼굴, 이마 아래 크고 깊숙이 들어간 맑
은 눈이 귀공자 같았다. 마을 또래 아이들보다 키가 한 뼘이나 더
큰 재필은 아이들을 앞장서서 이끌었다.

"재필 엄마, 우리 아이도 재필이와 함께 공부하게 해주세요."

"재필이는 무얼 먹기에 키도 크고 힘도 센지 모르겠네요. 그 비
결 좀 알려주세요."

또래 아이 엄마들은 재필 어머니에게 부탁했다.

"글쎄요, 특별히 공부를 가르치지 않는데 큰 외삼촌과 책을 읽는 것밖에."

재필 어머니는 그런 말을 들을 때마다 아들 재필이 기특했다.

그런 재필이 가끔은 마을 아이들과 놀다가 다툼이 있었다. 그럴 때마다 재필이는 또래보다 기운이 세었던 탓에 어머니께 무섭게 혼났다.

"너보다 약한 친구들과 싸우면 안 돼! 그건 못난 짓이다. 다신 그러지 마라. 알겠느냐?"

"어머니, 일부러 그런 것 아닙니다. 함께 놀면서 그런 건데……."

그때마다 재필은 억울한 표정을 지었다. 부유한 집안에서 전형적인 유고 교육을 잘 받으며 성장한 어머니는 옳고 그름을 알기에 자녀 교육도 엄했다.

어느 몹시 더운 여름날이었다. 마침 고을 원님이 행차하다 마을 어귀에 있는 정자나무 그늘에서 잠시 쉬고 있었다. 동네 어른들은 원님 근처에 감히 얼씬도 못 했다. 하지만 재필은 두려움 없이 가까이 다가가 원님을 호기심에 찬 눈으로 쳐다봤다. 원님은 당돌한 재필에게 말을 건넸다.

"애, 너 노래 한번 해보렴."

"네, 그러겠습니다. 그런데……."

재필은 공손히 대답하면서 말을 흐렸다.

"그런데 가 뭐냐?"

원님이 물었다.

"어르신이 갖고 계신 부채 좀 빌려주십시오."

"뭐! 부채를 빌려달라고? 뭣에 쓰려고 그러느냐?"

원님은 재필의 엉뚱한 행동에 내심 기특하여 부채를 냉큼 건네주었다. 재필은 그 부채를 가락에 맞춰 흔들면서 노래를 한바탕 불렀다.

"그래, 네 이름이 뭐냐?"

"서재필이옵니다. 아기 때 이름은 쌍경(雙慶)이라하옵니다."

"쌍경?"

원님은 생소한 이름을 듣고 다시 물었다.

"네, 저희 아버님께서 진사에 급제한 날에 제가 태어나 경사가 겹쳐다 하여 이름을 쌍경이라 했다 하옵니다."

재필이 또박또박 대답했다.

"허 참! 그놈 참 똑똑하구나. 너는 장차 큰 인물이 될 게 틀림없구나."

원님은 놀란 얼굴로 말했다.

재필은 미소가 가득한 얼굴로 원님께 허리 굽혀 인사했다. 멀찍이 서서 그 광경을 보던 마을 사람들은 재필의 당당한 모습에 모두 혀를 내둘렀다.

"재필이는 확실히 다른 아이보다 특별하단 말이야."

"어린 게 어쩜 저리 영리하고 당당하지. 정말 원님 말처럼 나중에 큰 인물이 되겠어."

원님이 떠나가자 마을 사람들은 우르르 재필이 곁으로 모여들었다.

"재필아, 그분이 누군지 알아? 우리 고을에서 제일 높으신 원님인데 무섭지 않았어."

"원님이시라고요? 원님도 같은 사람인데 왜 무서워요?"

재필이 되려 물었다.

그는 무엇 하나를 알려주면 둘을 알 정도로 앞섰고 누구에게 굴하지 않고 늘 당당했다. 재필은 충남 논산의 친가와 보성 외가를 오가면서 자랐다. 친가는 부자인 외가와 달리 살림이 넉넉지 않았다.

재필이 일곱 살이 되던 해였다. 아버지와 어머니는 재필이 입양 제의를 받고 마주 앉아 한숨을 쉬었다.

"재필이 장래를 생각해서라도 보내야겠소."

"저 어린 것을 어떻게 보내요."

"전혀 모르는 집안에 보내는 것보다 낫지 않소. 양어머니가 나는 새도 떨어뜨린다는 세도가 아니오. 더구나 학식이 뛰어나고 인품도 넉넉한 양외삼촌인 한양 김성근 대감 집에서 재필을 키운다고 하오."

"그 먼 한양에서요?"

재필 어머니는 어린 자식을 보내려니 마음이 아팠다.

아버지 서광언은 재필이 위로 형과 아래로 두 남동생과 여동생도 있었지만, 다른 아들들보다 총명한 재필이 좋은 환경에서 맘껏 공부할 수 있도록 입양을 보내기로 마음먹었다.

일곱 살인 재필은 아들이 없는 7촌 아저씨 서광하의 댁의 대를 잇기 위해 양자로 들어갔다. 집을 떠나는 날 어머니는 어린 재필이 손을 잡고 하염없이 눈물을 흘렸다.

한양살이와
과거급제

어린 나이에 생소한 곳에서 살게 된 재필은 해가 서산에 걸리면 다정한 어머니가 금방이라도 '재필아' 부르며 나타날 것 같았다. 겉으로는 강한 척했지만, 밤이면 베갯잇이 적도록 울어서 아침이면 퉁퉁 부는 눈으로 밥상 앞에 앉았다.

"재필아, 밤새 무슨 일 있었느냐?"

아침을 먹으며 양아버지가 물었다.

"아, 아닙니다."

재필은 얼른 고개를 돌렸다.

"아가, 여기서 지내는 게 힘드냐?"

밥상을 물린 후 책을 읽고 있는 재필에게 식혜를 가져온 양어머니가 물었다.

"그런 것 없습니다. 아, 맛난 식혜다!"

재필은 너스레를 떨었다.

"엄마한테 그런 인사치레는 하지 않아도 된다."

다정하게 말하는 양어머니가 어딘지 모르게 재필이는 어려웠다.

하루 이틀 시간이 지나 그곳에 정이 들 무렵, 양아버지께서 재필을 불렀다.

"재필아, 너는 이제부터 한양에 있는 외삼촌 집에서 지내면서 학문을 닦도록 해라. 외삼촌은 큰 벼슬을 여러 번 하신 훌륭한 분이니 너에게 큰 도움이 될 것이다."

"예, 한양요?"

'좁은 시골보다는 넓은 한양에서 공부하고 싶지만. 낯선 곳에서 잘 지낼 수 있을까……'

겨우 정들려고 하는데 또 낯선 한양으로 가라니, 더구나 한 번도 뵌 적 없는 양외삼촌 댁이라니 두려움이 앞섰다.

"사람은 문화의 중심지인 한양에서 공부해야 하느니라. 한양 가면 공부에만 힘써야 한다. 알겠느냐?"

양어머니는 몇 번이고 당부했다. 양어머니는 한때 세도가 당당한 안동 김씨 후예로 집안이 대단했다. 그래서 재필이를 일찍이 학문을 닦으러 서울로 보내려고 했다.

"예. 명심하겠습니다."

부모 품 안에서 어리광 피울 나이인 재필은 다부지게 대답했다. 재필은 양가인 대전에서 얼마 있지 못하고 다시 한양 양외삼촌 댁으로 가서 살게 되었다.

한양과 뚝 떨어진 한적한 가내마을에서 태어나 다시 아버지 고향인 논산 화석마을에서 부모 형제들과 오순도순 살았던 재필은 낯선 한양에서 홀로 지내면서 더욱더 의젓하고 강인해졌다.

벼슬이 높았던 양외삼촌 댁에는 나랏일을 보는 많은 사람이 들락거렸다. 재필은 자연스럽게 그들의 말을 듣게 되면서 나랏일에 깊은 관심을 두었다. 그는 어려서부터 타고난 기품으로 부지런하여 이른 시간부터 밤늦도록 책상 앞을 떠나지 않았다. 그의 학문은 하루가 다르게 늘었다. 양외삼촌 김성근은 간간이 찾아와 글씨 쓰기를 가르쳐주었다.

"재필아, 공부는 잘되느냐? 필요하거나 모르는 게 있으면 어려워 말고 언제든지 나를 찾아오너라."

책상 앞을 떠나지 않은 기특한 재필을 본 양외삼촌이 말했다.

"예, 알겠습니다."

재필이 공손히 대답했다.

학문에 열중하며 보내고 있을 즈음, 나라 안과 밖 사정이 매우 급하게 변하고 있었다. 열한 살인 고종이 왕위에 올라 아버지 흥선 대원군이 10년째 임금을 대신하여 백성을 다스리고 있어서 백성이 어려움을 겪고 있었다.

"언제까지 왕 노릇을 할 건지."

"왕이 누군지 모르겠네, 그려."

사람들은 내놓고 말하지 못했지만, 저마다 불만을 드러냈다. 더구나 한반도에 세력을 뻗치려는 중국, 프랑스, 미국과 일본에 의해 나라가 몹시 어수선했다.

재필이 열두 살 때였다. 조선은 일본의 강요로 맺은 강화도 조약으로 사회가 더욱 혼란스러웠다. 양외삼촌은 물론이고 그 집에 드나드는 사람들은 하나같이 나라와 백성을 걱정했다.

"이럴 때일수록 공부를 더 열심히 하는 것이 나라와 겨레를 위하는 길이야."

재필은 책상에 앉아 주먹을 불끈 쥐고 다짐했다.

어느덧 그의 나이 열여덟 살이 되었다.

"재필아, 이번 과거 시험에 응시하는 게 어떻겠느냐?

양외삼촌이 넌지시 물었다.

"그러잖아도 외숙부께 의논 드리려 했습니다.

재필은 과거에 응시했다. 고종 19년인 1882년, 과거 급제한 스물세 명 중 재필은 나이가 가장 어린 최연소 합격자가 되었다.

"재필아, 최연소 급제라니 우리 집안에 경사로다. 일찍이 너의 총명함을 알았지만 이렇게 장한 일을 할 줄이야."

"한 번에 급제하다니. 장하다 장해."

양부모와 일가친척은 물론이고 오랫동안 함께 지낸 양외삼촌은 매우 기뻐했다. 고종 황제는 재필을 친히 불러서 상을 주고 대관들과 더불어 크게 기뻐했다.

"우리나라에 큰 인재입니다. 허허"

"성은이 망극하옵니다."

재필은 의젓하게 말했다. 얼마 뒤 재필은 교서관 부정자에 임명되었다.

과거급제 후 재필의 생가 주변에 노송이 많아서 소나무집이란 뜻의 '송재'라는 호를 얻었다. 그 후 사람들은 그에게 이름 대신 호를 더 많이 불렀다. 그즈음 양외삼촌 집에 서광범을 비롯하여 외삼촌과 같은 일가인 안동 김씨인 김옥균과 박영효가 자주 드나들었다. 특히 근처에 사는 김옥균은 어릴 때부터 봐온 재필을 친동생처럼 특별하게 예뻐했다.

"급제를 축하하네. 자네는 분명 나라를 위해 큰일을 할 사람이야. 앞으로 잘 부탁하네."

"아, 저야말로 잘 부탁드립니다."

재필이도 그런 김옥균을 존경하고 따랐다. 둘 다 양반 자제로서 어려서부터 친부모를 떠나 양자로 들어갔던 처지가 비슷하고 새로운 것을 개척하려는 성향이 같았다.

이때 일 년이 넘도록 월급을 겨와 모래가 섞인 쌀로 받은 훈련 도감의 군졸들이 반란을 일으켰다. 바로 임오군란이었다. 나중에는 반란군의 세력이 커지자, 청나라는 고종 황제를 보호한다는 핑계로 삼천 명의 군인을 보내 황제의 아버지 대원군을 체포하여 중국으로 끌고 가 버렸다.

"조선왕조 주권을 무시하고 대원군을 납치하다니. 이런 나쁜 놈들!"

김옥균은 청나라 군사들이 대원군을 납치해 갔다는 소식을 듣고 몹시 격분했다.

"이제 우리 조선은 어떻게 되는 겁니까?"

"송재, 국방이 충실해지려면 뛰어난 군사와 지도자가 필요하네. 우선은 아우가 일본에 가서 무예를 배워와야겠네."

"네? 제, 제가요?"

재필이 무척 놀란 표정으로 물었다.

"아우가 나서주게. 우리나라가 바람 앞에 등잔처럼 위태로우니 이때 서로 힘을 합쳐야 하네."

"알겠습니다. 저는 비록 문관이지만 형님 뜻에 따라 무예를 배워오겠습니다."

"그, 그게 정말 인가. 고맙네."

김옥균은 재필과 손을 맞잡았다.

일본 도야마대 군사학교에서

　열아홉 살인 재필은 유학생 열여섯 명과 함께 조선 정부의 초청으로 한양에 머무르던 우시바 다쿠조와 마쓰오 산타로의 인솔을 받으며 일본 배 히에마루호를 타고 인천 제물포항을 출발했다.

　"나라의 힘을 키워서 자주권을 꼭 되찾아와야 해."

　재필은 멀어져 가는 조선 땅을 바라보면서 마음속으로 굳게 다짐했다. 재필과 일행은 나가사키를 거쳐서 기차를 타고 도쿄에 도착했다.

　1854년에 나라를 세운 일본은 일찍이 서양문명을 도입하여 현대적인 우편과 철도를 개통했고 전신 전보를 사용하여 사회가 급속도로 변화하고 있었다.

　"와, 일본이 이렇게 짧은 시간에 성장할 수 있었다니."

재필은 놀라움을 감추지 못했다.

재필은 시간만 나면 우편국에 들러서 전국으로 보내지는 우편물을 보고, 기차도 타고 환하게 불이 켜진 밤거리도 걸으면서 부러워했다. 책을 좋아하는 그는 그곳에서 독립의 필요성을 강조한 '학문의 권장'이란 책을 읽었다.

'으흠, 우리나라도 독립해야 하는데…….'

재필은 독립의 중요성에 대해 확고한 마음을 갖게 되었다.

그와 유학생들은 일본어를 6개월 동안 배운 후, 그곳 육군 도야마 사관학교에 들어갔다.

재필이 무예 훈련을 받던 어느 날이었다. 유독 눈매가 짝 찢어지고 들창코인 일본인 교관이 재필을 향해 고함을 내질렀다.

"이봐, 거기 조선인!"

"저, 말입니까?"

"구령대로 안 움직이고 뭘 하는 거야! 엉?"

교관은 눈을 부라리고 재필의 멱살을 잡고 윽박질렀다.

"나는 준비 중!"

재필이 우물쭈물하며 대답했다.

"뭐? 이 새끼 훈련생 주제에 어디서 감히 말대꾸야!"

교관은 들고 있던 회초리를 휘 획 돌렸다.

"아, 아니 조선에서 온 문관인 나를 때리겠다고? 네 이놈!"

재필이도 지지 않고 대들며 사정없이 교관에게 주먹을 휘둘렀다.

"어이쿠!"

교관은 외마디 소리를 지르며 뒤로 벌렁 나가떨어졌다.

"네 이놈, 훈련 중인 학생이 교관을 때리다니 널 가만두지 않을 거야!"

얼굴이 벌겋게 달아오른 교관은 화를 삭이지 못하고 씩씩거렸다. 조선에서 온 학생이 교관을 때렸으니 큰 문제였다. 다행히 아직 일본말이 서툴러 교관 지시를 잘못 알아듣고 나라의 손님으로 인정받아 재필은 벌을 면했다. 그 후 혼이 난 교관은 재필과 유학생들에게 공손하게 대했다.

훈련이 없는 일요일이면 일본에 머무르던 김옥균을 찾아갔다. 그는 외교 사절은 아니었지만, 일본의 관리와 외교관들까지 폭넓게 사귀었다.

"재필 아우님, 어서 오시게. 이곳에서 만나니 더욱더 반갑네. 훈련은 힘들지 않은가?"

김옥균은 재필을 무척 반겼다.

"앉아서 공부만 하다가 몸을 쓰려니 조금 힘은 들지만, 그런대로 할만합니다."

"허허, 그 참 들던 중 반가운 말이네."

김옥균은 웃으면서 대답했다.

김옥균은 일요일마다 찾아오는 재필을 친형제처럼 대접하고 숨김없이 속말을 했다. 재필 또한 김옥균을 자신의 우상으로 마음 깊이 새기고 존경했다.

"일본이 동방의 영국 노릇을 하려 하니 우리는 우리나라를 아시아의 불란서로 만들어야 하네. 이것이 나의 꿈이고 욕망일세."

"네, 잘 알겠습니다."

재필은 김옥균의 말을 신뢰하고 나라를 위해 뭐든 하겠다고 결심했다.

일 년이 지난 1884년 재필과 일행은 정부로부터 재정적인 어려움으로 더는 학비 지원을 못 하겠으니 귀국하라는 명령을 받았다.

'정부에서 재정적인 지원을 못 한다니 인제 유학 생활도 끝이구나. 하지만 그동안 익힌 무예로 나라를 위한 뭔가를 할 수 있을 터이니.'

재필은 학자금 때문에 도중에 돌아와 아쉬웠지만 새로운 군사 훈련과 문물을 익혔으니 뿌듯했다. 재필은 부푼 꿈을 안고 귀국했다. 하지만 그들을 반기기는커녕 따가운 눈총이 쏟아지고 재필은 경계의 대상이 되었다. 임오군란 때 청나라 도움으로 위기를 면한 뒤부터는 정부는 국정 운영을 청나라에 의존하던 대로 여전히 청나라는 조선을 제멋대로 휘두르거나 다루는 게 떠나기 전보다 한층 더 심하여 나라의 정치 상황은 험악했다.

"나랏돈으로 공부를 시켰으면 일을 할 수 있게 해야지. 이게 다 명성황후와 함께한 이들의 소행이란 말인가. 고종 황제께 선보일 기회조차 없다니."

"언제까지 청 놈들의 소행을 보고 살아야 한단 말인가."

재필과 유학생들은 청국과 결탁한 황후의 세력이 억울하고 분했다.

무더운 여름 일행과 귀국한 재필은 특별한 일 없이 무료한 날들이 이어졌다. 유난히 무덥던 날이 지나고 선선한 갈바람이 불던 어느 날이었다. 정부로부터 연락이 왔다. 일본에서 배운 군사 훈련 솜씨를 고종 황제께 선보이라는 것이었다. 순간 재필의 머리에 번쩍 번개가 쳤다.

"와, 기회는 이때다!"

재필은 우리 군대를 새로운 방식으로 바꿀 수 있게 그동안 갈고닦은 솜씨를 보여주겠다는 생각으로 콧노래가 절로 나왔다. 재필과 함께 일본에 다녀온 유학생들은 군복을 다려 입고 군화를 닦아 신었다. 창검을 꽂은 총을 메고 경복궁을 행진해 들어갔다.

고종 황제가 높은 옥좌에 앉았고 그 옆으로 여러 신하가 허리를 굽히고 줄지어 있었다. 재필 일행의 모습을 본 황제는 그들의 차려입은 옷 모양새를 보고 호기심에 찬 눈으로 바라보았다. 재필과 유학생들은 그동안 일본에서 닦은 훈련들과 검도, 호신술 등을 온 힘을 다해 보여주었다.

"대단하오! 그동안 무척 노력했구려. 일본의 군사력은 어떠하던가?"

황제는 감탄하며 손뼉을 치다가 손짓으로 재필을 가까이 불러서 물었다.

"그곳 군대는 서양식으로 잘 짜여있어서 막강합니다. 군사훈련부터 무기까지 예전과 달리 완전히 새로운 것으로 바뀐 상태입니다. 상감마마, 아뢰옵기 황송하오나 우리도 사관학교 설립을 허락하여 주십시오."

재필은 일본 군대의 상황과 사관학교 설립에 관한 자신의 의견을 임금께 말씀드렸다.

"일본처럼 조선도 그렇게 바꿔야 하지 않겠소? 곧 합당한 직무를 맡기겠소."

황제는 흔쾌히 허락했다.

"아, 이제 우리나라도 군사를 훈련하는 사관학교가 생기는구나."

재필과 유학생들은 매우 기뻤다.

얼마 후 고종은 새로운 사관학교를 설치하라는 명령을 내렸고 재필을 사관학교 교장으로 임명했다. 하지만 임오군란 이후 군사를 조선에 주둔시키고 있던 청나라가 사관학교 설립을 반대하고 나섰다.

"뭐, 조선이 사관학교를 세운다고? 절대로 안 된다!"

청나라 지휘관은 책상을 꽝! 내리쳤다.

마침, 이 소식을 들은 중전 명성황후와 그 일당들도 크게 반대했다.

"사관학교라니요? 그런 말도 안 되는!"

중전은 몸을 부르르 떨면서 불같이 화를 냈다.

"기필코 막아야지요. 사관학교 설립을 소신이 꼭 막겠습니다."

명성황후를 따르던 신하가 머리를 조아리며 말했다.

재필이 한껏 기대에 부풀었던 사관학교 설립은 물거품이 되고 말았다.

'아, 이렇게 허무하게 끝나는데도 아무것도 할 수 없다니…….'

재필의 얼굴에 실망의 빛이 역력했다. 결국 황제의 총애를 받은 개화당은 사관학교 설립을 청나라와 명성황후 측의 반대로 뜻을 이루지 못했다. 이때 명성황후와 행동을 같이하는 무리 중에 그의 조카인 민영익이 있었다. 그는 명성황후를 돕는 대표적 인물이었다.

민영익은 조선 사람 최초로 사절단을 이끌고 미국을 다녀온 사람이었다. 처음에는 개화당을 지지하다가 미국을 다녀온 후 개화와 독립에 대한 의욕을 버리고 개화당을 떠났다.

"여보게!"

"미안합니다. 제가 지금 좀 바빠서……."

함께했던 개화당 사람들이 부르면 그는 언제나 핑계를 대었다. 그뿐 아니라 청나라 이홍장과 원세개의 손발 노릇을 했다.

"조선 사람이 청나라 사람의 손발 노릇하다니. 쯧쯧."

주변 사람들은 그를 보면서 못마땅해했다.

"이참에 재필이와 유학생들을 쫓아버려야겠어."

마침내 민영익은 조선 군대의 지휘권까지 잡게 되자마자 재필과 유학생들을 더는 간섭하지 못하게 멀리 쫓아버렸다. 이즈음 재필은 광산 김씨와 결혼하여 아들을 낳았다.

갑신정변의 막둥이

"뭐, 유학생도 모자라 이제 개화당까지 없애려 하다니."

위기를 느낀 김옥균은 박영효와 재필이 모여 대책을 논의했다.

"형님, 저렇게 날뛰는 민영익을 이대로 두고 보시렵니까?"

재필은 잘못을 보고도 자신이 어찌할 수 없다는 게 분했다.

"내시였던 유재현이 우리 개화당을 떠나 수구당에 붙어서 우리를 호시탐탐 노리고 있어."

김옥균이 걱정스러운 표정으로 입을 열었다.

"이대로 앉아서 당할 수만은 없어! 우리가 먼저 선수를 쳐야겠네?"

철종 임금의 사위로서 왕실의 성이 다른 일가면서도 한성판윤에서 시골 한적한 곳으로 쫓겨났던 개화파의 중추인 박영효가 화가 치미는지 주먹을 불끈 쥐었다.

"예. 맞습니다. 자주독립 국가를 이루기 위해서라도 우리가 먼저 손을 써야겠습니다. 훈련 시킨 군사가 천 명 정도인데 그거론 부족하지 않겠습니까?"

재필도 자신의 의견을 말했다.

"그래, 매우 부족하지! 그럼 어떻게 하면 좋겠는가? 으흠."

김옥균은 두 사람을 둘러보며 물었다. 세 사람은 한동안 깊은 고민에 빠졌다.

"아, 며칠 전 다케조 공사가 일본을 다녀왔다는데 부탁해 보는 게 어떻겠는가? 낮에 누가 찾아와 우리가 무슨 일 벌인다면 돕겠다 하더라네."

"그간 우리에게 적대심을 갖고 있는 다케조가 마음이 변했다니 다행입니다."

"예, 그것 좋은 생각입니다. 말 나온 김에 당장 만나러 가볼까요?"

김옥균의 말을 들은 박영효와 재필이 맞장구를 쳤다. 세 사람은 바로 일본 공사관이 있는 남산으로 향했다.

"안녕하셨습니까?"

"어서 오십시오. 어쩐 일로 세 분이 함께 오셨는지요?"

머리에 포마드를 잔뜩 바르고 이마를 훤히 드러낸 다케조 공사가 세 사람을 맞이하며 물었다.

"다름이 아니오라 이번에 저희가 계획하는 일에 도움을 요청하러 왔소이다. 우리에게 일본 군사를 보내주시길 부탁합니다."

김옥균은 다케조에게 개화당의 이야기를 설명했다.

"조선의 세력을 확장할 목적이라면 우리 군사 150명을 제공하겠습니다."

이야기를 들은 다케조는 고개를 끄덕이면서 순순히 약속했다.

"그럼, 사흘 후 우정국 새 건물 낙성식 때 하세. 큰일을 앞두고 몸조심하게들."

김옥균이 당부했다.

"알겠습니다."

고종 21년인 1884년 12월 4일. 우정국의 낙성식 축하 잔치는 저녁 7시였다. 오후가 되자 간간이 눈발이 날렸다. 낮부터 김옥균과 개화당 동지들은 재필 집에 모였다.

"동지들, 이제 운명의 시간이 다가오고 있소. 사내로 태어나 우리는 조선을 살리기 위한 것이니 목숨을 바칠 각오로 임합시다."

혼인하여 3년이 지나도록 평소 남편 재필이 하는 일에 못 본 척하던 아내 광산 김씨가 뭔가 눈치를 챘는지 울먹였다.

"누구도 나의 갈 길을 막지 못하니 부인도 조용히 기다리시오."

그는 갓 돌을 넘긴 아들을 안아주며 당부했다.

짧은 해가 지고 간간이 내리던 눈발이 더욱 굵어졌다. 벼슬이 낮아 초대받지 못한 재필을 기다리게 하고 초대장을 받은 김옥균과 박영효, 서광범은 우정국으로 갔다. 건물 안팎은 초청객으로 시끌벅적했다. 연회가 무르익어 거사 시간이 되어도 신호 불빛은 올리지 않았다. 김옥균은 애가 탔다. 긴장한 얼굴로 바깥을 들락거리자, 건너편에 있던 민영익이 고개를 갸웃거렸다.

"불이야! 불이야!"

"불이야!"

그 순간, 개화당 사람들은 불을 지르고 소리쳤다. 낙성식에 참석했던 사람들은 불이 났다는 다급한 고함에 우왕좌왕 빠져나오기 시작했다.

"수구파 놈들을 한 녀석도 놓치지 말고 모두 쳐라!"

김옥균이 앞장서서 외쳤다.

"네, 알겠습니다. 모두 쳐라!"

재필은 유학생들을 향해 고함쳤다.

"와와!"

앞서 행동대로 나선 유학생들은 수구파를 향해 돌진했다. 마침내 개화당은 수구파를 몰아내고 정권을 잡았다. 이것이 갑신정변이다. 재필은 행동대를 이끈 공로로 병조참판 벼슬을 받았다.

"이제부터 우리가 계획했던 일을 추진해 보세."

김옥균을 비롯한 개화당 사람들은 가슴이 부풀었다. 하지만 준비가 엉성했던 탓에 지지 세력을 얻지 못했다. 하물며 관리와 백성들까지도 반대편인 수구파 쪽에 섰다. 개화당이 정권을 잡은 지 삼 일 후 몰려온 청나라 군사들이 궁궐을 에워쌌다.

"무기고에 넣어둔 소총을 꺼내서 놈들을 막아라."

김옥균이 명령을 내렸다.

"예! 참판 어른."

군사들은 앞다투어 일제히 무기고에서 소총을 꺼냈다.

"어, 이게 어떻게 된 거야? 녹이 슬어서 못 쓰겠구먼."

군사들은 여기저기서 웅성거렸다. 수개월 전에 미국에서 수입하여 무기고에 넣어두었던 소총은 관리를 잘못하여 사용할 수가 없었다. 재필은 일본에서 군사훈련을 받을 때 '군인은 소총을 생명처럼 소중히 여겨야 한다'라는 말이 떠올랐다. 그런데 조선 군대는 값비싼 소총을 이렇게 팽개쳐 놓다니 재필은 허탈했다.

"형님, 다케조가 약속한 일본 군사는 왜 여태 안 오는 걸까요?"

상황이 급박해지자 재필이 김옥균에게 물었다.

"글쎄, 어찌 된 영문인지 모르겠네."

김옥균도 딱히 아는 게 없었다.

이때 일본 정부로부터 개화당의 일에 가담하지 말라는 연락을 받은 다케조는 약속을 어기고 일본 군사들을 중도에서 돌아가게 명령했다.

"다들 가던 길을 멈추고 어서 되돌아가거라."

"다시 갈 걸 뭐 하러 온 거야. 뭐든 자기 맘이지."

일본 군사들은 불만을 토로하면서 다케조를 보고 속닥거렸다.

"잡담하지 말고 어서들 가라! 싸우지 않으니 다행이잖느냐."

그런 줄도 모르고 일본 군사들을 기다리다 지친 재필과 개화당 사람들은 몹시 허둥거렸다.

"이대로 끝나고 말 것인가. 우리가 너무 성급하고 촘촘한 계획을 세우지 못한 잘못이야."

주도자인 김옥균이 후회했다.

"지금 낙담보다는 이대로 있다가는 목숨이 열 개라고 모자랄 판입니다. 한시바삐 일본으로 피해야겠습니다. 자 어서들 가십시다. 어서요."

"어서들 움직이세."

김옥균과 재필 일행은 변복하고 창덕궁 북문으로 허둥지둥 빠져나왔다. 재필은 몸을 숨긴 일본 공사관 마당에서 밤새 매서운 겨울바람을 맞으며 깊은 생각에 잠겼다. 사흘 동안 정권을 잡았던 개화당이 벌인 갑신정변은 이백여 명이 목숨을 잃고 완전히 실패로 끝나고 말았다. 같은 편 사람들은 대역 죄인으로 몰려서 쫓기는 신세가 되었다.

"대역 죄인들을 모두 잡아들여라!!"

"와와!!"

수구파들은 개화당 무리를 뒤쫓았다.

"형님, 일본으로 무사히 갈 수 있을까요?"

"우리의 운명은 하늘에 맡기는 수밖에."

늘 앞장섰던 김옥균도 뾰족한 수가 없었다. 개화당을 도우려 했다는 소문을 들은 수구파들은 일본 공사관을 에워쌌다. 놀란 다케조는 개화파들과 함께 청나라 군대에 쫓겨 마포에서 배를 타고 인천으로 피신 했다. 김옥균 일행은 인천 주재 일본 영사 고바야시의 주선으로 제일은행 지점장 기노시타의 집에서 숨어 지냈다. 제물포항에 일본 군함 니즈호와 우편 회사 기선 치토세마루가 정박해 있었다.

"제물포항에 우편선이 와 있으니 그 배를 탈 것이오. 그동안 숨죽여 있으시오"

다케조 공사가 귀띔했다.

며칠 뒤에 개화파 일행은 우편선 치토세마루에 간신히 몸을 실었다.

"후유, 이제 괜찮겠지요? 일본 선박인데 설마 저들이……"

일행 중 누군가 말했다.

그때 뒤쫓아 온 청나라의 앞잡이 노릇을 하고 있던 독일인 묄

렌도르프가 병사들을 이끌고 나타났다.

"다케조 공사는 들으시오! 조선의 역적 김옥균 일행을 내려보내지 않으면 걷잡을 수 없는 일이 일어날 줄 아시오!"

뮐렌도르프가 다케조 공사에게 요구하며 큰소리로 겁박했다. 그 소릴 들은 김옥균 일행은 바람 앞의 등불 같은 신세였다. 일본 배에 올랐지만, 위험은 사라지지 않았다. 대담하지 못한 다케조가 답을 하지 못하고 우물쭈물했다.

"허 참, 이러다 내가 다치겠는걸."

처지가 난처하게 된 다케조는 책임을 회피하려고 김옥균 일행을 수구파에게 넘기려고 했다.

"어서들 내려가시오!"

"이봐요, 공사. 우리가 지금 내려가면 저들에게 잡혀서 죽을 것이오. 그런데 내려가라고요?"

김옥균이 다케조에게 따지듯이 물었다.

"나와는 상관없는 일이잖소. 더는 숨겨줄 수 없으니 어서요."

다케조는 팔짱을 끼고 재촉했다. 이때였다.

"이것 보시오. 백인 양반! 난 이 배의 선장이요. 그런데 당신이 찾는 그 김 머시기란 사람은 여기 없소이다! 다시 말하지만, 당신이 찾는 사람이 우리 배에는 타지 않았단 말이오!"

치토세마루의 선장이 뮐렌도르프를 향해 소리쳤다.

"뭐, 없다고? 놈들이 배에 오르는 걸 본 목격자가 있어서 우리가 찾아온 거란 말이오!"

청나라 앞잡이는 선장을 향해 소리쳤다.

"잘못 본 걸 거요. 이 배엔 없소! 만약 병사들이 승선하면 쏘겠소!"

선장은 경고하면서 권총을 뽑아 들었다.

"아, 시간이 늦어서 우린 그만 가야겠소. 어서 출항하라!"

"네, 선장님!"

선장의 말이 끝나자마자 배는 급히 제물포항을 미끄러지듯이 출발했다.

"뿌우앙! 뿌앙!"

우편선은 긴 뱃고동을 울리며 섬 굽이 굽이를 돌아 검은 연기를 내뿜었다.

"이놈들 두고 보자. 다신 조선 땅에 발을 들여놓지 못할 것이다!"

밀렌도르프는 치토세마루호 꽁무니를 보면서 발악했다.

김옥균 일행은 우편선 선장의 도움으로 위기에서 벗어났다.

"형님, 이대로 가면 조선 땅을 다시 밟을 수 있을까요?"

배 안에 숨었다가 밖으로 나온 재필은 멀어져 가는 조선의 산야를 쳐다보며 김옥균에게 물었다.

"그걸 어찌 알겠는가마는 분명 다시 고국으로 돌아올 수 있게

만들어야지. 그것보다 위기에서 구해준 선장께 고맙다는 인사나
드리러 가세."

딱히 할 말이 없는 김옥균은 일행을 쳐다보며 말했다.

'지금쯤이면 가족이 모두⋯⋯.'

재필은 그만 고개를 푹 꺾고 말았다.

떠도는 삶

일본 우편선인 치토세마루호는 대한해협을 건너 나가사키 항에 도착했다. 재필 일행은 그곳에서 다시 기차를 타고 일본 도쿄로 갔다.

"다케조 공사, 우리 숙소는 어디요?"

김옥균이 물었다.

"숙소? 아직 준비가 안 됐으니 마음대로 자시오. 그럼, 난 이만."

말을 마친 다케조는 부리나케 그곳을 떴다.

"아, 아니. 저기……."

다케조의 행동에 김옥균이 말을 잇지 못하고 더듬거렸다. 조선에 있을 때와 다르게 다케조는 태도가 바뀌었다.

"에잇! 저놈을 그냥."

화가 치민 재필이 주먹을 올렸다.

"참아, 참아야 하네. 지금 우리가 화를 낼 처지가 아니지 않은가."

일행이 말렸다.

"성질 같아서는 저걸 그냥. 에잇!"

재필은 허공에 팔을 휘둘렀다.

"형님, 이젠 어쩌지요? 이곳에 아무 연고도 없는데."

"음, 이거야말로, 급하게 오느라 제대로 챙기지 못했는데."

김옥균은 몹시 난처한 표정을 지었다.

"형님뿐만 아니라 우리 다 그렇지요. 뭐."

"우선 몸을 숨길 수 있는 곳을 찾아야 하네. 수구파는 이미 가족을 처형하고 우리를 죽이려 이곳으로 자객을 보낼걸세. 그러니 앞으로 어떡하면 좋겠는가?"

김옥균은 일행을 둘러보면서 물었다.

"우선 머리카락을 자르고 양복을 사서 입도록 하죠."

"음, 그 수밖에 없네. 그리고 지낼 곳도 찾아보세."

"그래도 상투까지 없애는 건 좀…… 더 고심해 보심이 어떨까요?"

일행 중 누군가 말했다. 상투를 자른다는 건 큰 결심이 아니면 쉽지 않은 일이었다.

"지금 상투가 대순가요!"

재필이 힘주어 말했다.

"재필 아우 말처럼 목숨이 위태로운데 상투야 다음에 또 할 수 있지만."

김옥균이 나섰다. 재필 일행은 조선 사람이라면 목숨처럼 아낀 상투를 싹둑 자르고 허름한 양복을 사서 입었다.

"후유!"

"나라를 위하고자 했던 우리 신세가 이렇게 될 줄이야. 으흠."

네 사람은 마주 보고 서로 달라진 모습에 한숨이 저절로 나왔다. 예전에는 가까이하고자 했던 일본 사람들조차 재필 일행을 귀찮게 여기며 냉대했다.

"사람이 어찌 한순간에 변하다니, 세상 이치가 참 무섭네요. 허허 참!"

재필이 어이없는지 헛웃음을 지었다.

"그걸 이제야 알았는가? 그나저나 어디 허름한 방이라도 얻어서 이슬이라도 피해야지."

김옥균은 자신의 허리춤을 뒤졌다. 충분한 여비도 없이 쫓겨 온 일행들은 허름한 방을 얻어 지내게 되었다.

"이, 이게 뭐야!"

이불을 들추던 재필이 소리쳤다.

"어디 벼룩뿐인가. 이도 득실득실하네."

방을 얻고 나니 식량을 살 돈이 없었다. 밥을 먹는 날보다 굶은 날이 더 많았다.

"꼬르륵! 꼬르륵!"

며칠째 아무것도 먹지 못한 네 사람의 배 속에서는 빨리 음식을 달라는 아우성이 요란했다.

"이보게, 아우님들! 이대로 지내다간 안 되겠네. 일단 여길 떠나 요코하마로 가보는 게 어떤가?"

김옥균이 물었다.

"요코하마요? 거긴 무슨 일로……."

"내가 2년 전에 만났던 미국 선교사들이 그곳에 있네. 그들은 일본인처럼 우리를 천대하지는 않을 것이니 그곳으로 가세."

"그렇다면 얼른 가야지요."

그렇게 재필 일행은 요코하마로 갔다. 그곳에서 만난 선교사들은 그들에게 지낼 수 있는 공간과 배고픔을 면하게 해주었다.

"도와주셔서 정말 감사합니다."

"이 은혜는 잊지 않겠습니다."

일행은 입을 모아 선교사들에게 고맙다고 했다.

"저희에게 조선말을 가르쳐 주시겠습니까?"

선교사가 물었다.

"조선말을요?"

"저희가 조선에 관심이 많습니다. 그러니 조선말을 알고 싶습니다."

미국 성서 공회의 대표인 선교사 누 미스 목사와 허른 목사가 말했다.

"저희 두 사람이 가르쳐 드리겠습니다."

재필과 박영효는 두 선교사에게 조선말을 가르쳤다. 재필도 미국에 관한 공부를 하고 싶었다.

"선교사님, 청이 있습니다."

"무슨 청인지 어려워 말고 말하세요."

루미스 선교사가 대답했다.

"미국에 관한 공부를 하고 싶습니다."

"그래요. 얼마든지 알려드릴 테니 뭐든 물어보세요."

재필은 선교사들의 도움을 받아 미국에 관한 공부를 하기 시작했다.

어느 날, 재필은 부모와 형, 부인이 자살하고 동생은 칼에 맞아 죽고 아무도 돌보는 이 없는 두 살 난 아들은 혼자 있다가 굶어 죽었다는 가슴 아픈 소식을 전해 들었다.

"나라를 위한답시고 정작 가족을 잃다니."

역적으로 몰려서 삼족 몰살을 당할 것을 예상했지만 막상 소식을 듣게 되자 몸이 얼어붙어 눈물도 나오지 않았다.

"너무 상심하지 말게나. 이미 예견된 일이잖는가."

일행 중 누군가 재필의 어깨를 두드리면서 말했다. 재필은 그저 멍하니 고국 조선 쪽을 바라보면서 긴 한숨을 토했다. 재필은 몇 날을 음식은 물론이고 물 한 모금 마시지 않고 벽에 기대고 우두커니 있었다.

"나라와 겨레를 위해 일했는데 역적으로 몰아 가족을 모두 죽이다니. 조선은 더는 내 조국이 아니야. 피붙이 하나 없는 조선은 이제부터 잊고 살아야겠다."

그는 조선이 너무너무 싫었다. 군사를 주겠다는 약속을 지키지 않아 일을 망치고 함부로 대하는 일본도 밉고 싫었다.

"약속을 지키지 않은 이런 일본 땅에 더는 머물 수 없어!"

재필은 이를 악물었다.

"일본에 더는 있을 수 없으니, 우선 미국으로 가는 뱃삯부터 마련해야겠어요."

"그럼, 자네들은 미국으로 가고 나는 중국으로 가겠네."

재필의 말을 들은 김옥균이 대답했다.

글씨를 매우 잘 쓴 재필은 서광범, 박영효와 함께 한시를 써서 일본 사람들에게 팔아서 미국으로 갈 준비를 했다. 김옥균이 중국으로 가기 전 네 사람은 조촐한 송별회를 했다. 헤어질 무렵 김옥균이 파란 벨벳으로 감싼 작은 상자를 재필에게 내밀었다.

"재필 아우, 이것 받게 내 정표네."

"정표요?"

재필이 받은 상자 안 물건은 회중시계와 사전이었다.

"임금에게 하사받은 시계이네. 어린 자네를 처음 만난 날, 총기가 가득한 눈망울을 보는 순간 내가 반했어. 어리석은 나를 돕느라 자네를 이 지경에 이르게 해서 정말 미안하네. 부디 어딜 가서라도 몸 건강하시게."

김옥균은 재필의 손을 잡으며 용서를 빌었다. 두 사람의 눈에 눈물이 그득했다.

그 후 김옥균은 먼저 중국으로 떠나고 재필도 미국으로 갈 여비가 마련되었다. 재필은 서광범, 박영효와 함께 선교사들이 써 준 소개장을 가지고 일본을 떠났다.

"파렴치한 일본 땅은 두 번 다시 밟지 않으리."

다섯 달 동안 멸시와 천대를 받으며 지냈던 일본 땅을 바라보며 재필이 굳게 다짐했다.

샌프란시스코의 이방인

일본을 떠난 지 보름여 만에 재필 일행은 미국 샌프란시스코에 도착했다.

"와! 완전히 별천지구먼."

처음 미국 땅에 발을 내디딘 세 사람은 놀랐다. 그런데 그들이 생각했던 별천지 같은 미국 생활은 그리 녹록하지 않았다. 조선에서는 양반으로 벼슬에 올라 대접만 받고 살았던 세 사람은 알아주는 사람도 없으니, 실망이 컸다.

"도대체 무슨 말인지 알아들을 수가 있어야 일도 할 것인데……."

일자리를 찾았지만, 말이 통하지 않으니 번번이 퇴짜를 맞았다. 낯선 이국땅에서 돈도 없고 말도 통하지 않으니 무척 견디기 힘들었다. 그들은 태평양의 거친 파도에 밀려서 캘리포니아 해안에 닿은 쓰레기 같은 신세가 되었다.

몇 주 동안을 어렵게 지내다 더 견디지 못하고 서광범은 뉴욕으로 가고 박영효는 다시 일본으로 가는 배를 타고 말았다.

다들 떠난 샌프란시스코에 혼자 남은 재필은 허전하고 쓸쓸했지만, 높은 벼슬을 했던 자존심을 버리고 막일을 찾아 거리로 나섰다.

"어떡하던 일을 찾아야 해. 이대로 주저앉을 수 없어!"

그는 발이 부르트도록 샌프란시스코 이곳저곳을 헤맸다. 가는 곳마다 영어를 하지 못해 거절당해도 포기하지 않고 계속 일을 찾아 나섰다. 주인이 영어로 뭐라 해도 알아듣지 못하는 재필은 웃으며 말했다.

"몰라요, 그냥 써줘요."

손짓과 발짓을 했다.

그러던 어느 날, 재필은 마켓 스트리트에 있는 한 가구점에 들르게 되었다. 주인이 묻는 말을 알아듣지 못한 재필은 소매를 걷어붙이고 팔을 들어 보였다.

"내가 비록 영어는 못하지만 힘은 셉니다. 이 팔을 보세요."

그런 재필을 멍하니 바라보는 주인에게 이번에는 바지를 걷어서 다리를 들어 보였다.

"다리도 정말 튼튼합니다. 뭐든 맡겨만 주시면 열심히 하겠습니다."

이걸 본 가게 주인은 재필에게 광고지를 한 뭉치 주면서 동네에 다니며 붙이라고 했다.

"아, 땡큐, 땡큐!"

재필은 고맙다는 인사를 했다. 하루 2달러씩 받기로 하고 광고지를 들고 샌프란시스코 이 골목 저 골목을 돌아다니면서 광고지를 붙였다. 생전 해보지 않은 일을 하루 10마일씩 뛰면서 샌프란시스코의 모든 거리를 누비느라 몹시 힘들었지만, 할 일이 있다는 게 정말 좋았다.

"헉헉! 아이 숨차. 아이코, 발이야. 일이 힘든 건 둘째치고라도 신발이 맞지 않으니 너무 고통스럽군."

샌프란시스코는 평평한 해안이 조금 펼쳐져 있고 그 뒤로는 산이 있어 가파른 언덕길을 수없이 오르락내리락했다. 간간이 길가에 앉아서 잘 맞지 않은 일본제 구두를 벗고 발을 주물렀다. 밤이면 갈라지고 해진 발바닥이 너무 쓰리고 아파서 잠을 이룰 수가 없었지만, 아침이 되면 다시 광고지를 붙이기 위해 이를 악물고 일어났다.

어느 날, 가구점 주인이 재필을 불렀다.

"넘버원!"

"나, 남바완?"

재필은 믿어지지 않아서 더듬거리면서 물었다.

"다른 미국인들은 5마일밖에 못 뛰지만, 너는 하루에 10마일을 뛰었잖아."

주인은 엄지를 세우고 칭찬하면서 재필의 어깨를 감싸안았다.

"아, 네. 앞으로 더 열심히 하겠습니다."

재필은 감격하여 눈물이 핑 돌았다. 주인에게 인정받아 잘리지 않고 일할 수 있어서 좋았다. 주인이 얼굴 생김새도 다르고 말귀도 못 알아듣는 재필을 최고라고 칭찬하는 게 못마땅한 동료들의 표정이 썩 좋지 않았다.

"저 친구들은 뭘 잘못 먹었나? 다들 왜 얼굴을 잔뜩 구기고 있을까?"

영어를 알아듣지 못했던 재필은 그들이 왜 화를 내는지 이해하지 못했다.

"내가 이곳에서 살려면 말귀를 알아 들어야 하니 이제부터 영어를 배워야겠어."

그는 낮에는 일하고 밤에는 YMCA 야간반에 다녔다. 주머니에 작은 사전을 넣고 다니면서 일하는 중에도 틈틈이 영어 단어를 외웠다. 영어 공부를 하다 보니 어느새 거리의 간판을 읽게 되었다. 재필은 어느 날, 우연히 제임스 로버츠라는 한 교회의 장로를 만났다.

"영어 공부와 성경 공부도 할 수 있는 우리 교회에서 일해보지 않겠소?"

"네! 감사합니다."

재필은 성경 공부를 하면서 영어도 배우고 기독교에 끌려서 교회에 열심히 다녔다.

"재필, 우리 집에 오세요."

로버츠 장로는 그런 재필에게 친절히 대하며 가끔 집으로 초대해 식사를 함께했다.

샌프란시스코에 온 지 일 년이 되는 봄날, 주일 예배를 마친 재필 곁으로 로버츠 장로가 다가왔다.

"재필, 저녁에 우리 집에서 식사합시다."

"네, 알겠습니다."

그는 저녁 무렵 장로 집으로 갔다.

"반갑습니다. 신문에서 당신에 관한 기사를 읽었습니다."

그곳에 먼저와 있던 신사가 손을 내밀면 말했다.

"아, 네 반갑습니다."

재필은 얼떨결에 그의 손을 잡으면서 대답했다.

"난 홀렌백이요."

그는 사업가이며 큰 부자였다.

"조선에서 높은 지위였고 개혁하다 실패하셨다지요?"

"예, 그렇습니다."

홀런백은 조선 양반의 풍채를 지닌 재필과 이야기를 나누면서 그가 총명하고 강한 의지를 가진 걸 금세 알아차렸다.

'흠, 비범한 사람임이 틀림없어. 도와주어야겠어.'

홀렌백은 재필에게 큰 호감을 보였다.

"저기, 기회가 되면 내가 살고 있는 월크스베리로 찾아오시오."

홀렌백은 펜실베이니아주에 있는 자기 집으로 재필을 오라고 했다.

"아, 예."

의지할 곳이 없이 외로운 홀몸인 자신을 찾아오라는 말에 재필은 천군만마를 얻는 듯 기분이 좋았다.

"혹시 공부를 더 한다면 고등학교는 물론 대학에 관한 학비를 지원해 주겠소."

홀렌백의 제안에 꿈은 아닌지 넓적다리를 꼬집으며, 재필은 너무 감격해서 한동안 대답을 하지 못했다. 홀렌백을 만난 후 재필은 여름 동안 펜실베이니아의 월크스베리로 갈 여비를 벌기 위해 열심히 일했다.

'그곳 정규학교에 다니려면 준비를 단단히 해야겠어.'

재필은 여느 때보다 더 열심히 공부했다.

그해 여름이 끝나갈 무렵, 재필은 샌프란시스코를 떠나는 날이었다.

"장로님, 그동안 잘 보살펴 주셔서 대단히 감사합니다."

"재필, 그곳에서 부디 잘 사시길 빕니다."

제임스 로버츠 장로는 재필을 응원했다.

재필은 부푼 꿈을 안고 펜실베이니아로 가는 대륙 횡단 열차에 올랐다.

구호의
천사

스물두 살인 청년 재필은 동부로 가는 열차를 타고 차창 밖 풍경을 바라보며 깊은 상념에 잠겼다. 중국으로 간 김옥균과 일본과 뉴욕으로 간 서광범과 박영효는 어떻게 지낼까. 역적의 가족이라는 탓으로 끔찍한 최후를 맞은 부모님과 형제들, 무엇보다 짧은 혼인으로 죽어간 아내와 굶어 죽은 두 살배기 아들 얼굴이 차창에 겹쳤다.

"우리나라 조선에도 철도가 있으면 참 좋겠는걸."

망명자 신세면서도 철도의 중요성을 실감하며 조국 조선의 발전을 떠 올렸다. 끝없는 광활한 대지와 중간에 잠시 내려 본 시카고를 둘러본 그는 미국 경제 규모와 발전을 보고 매우 놀랐다.

"큰 나라는 다르군."

긴 여행 끝에 드디어 펜실베이니아주의 탄광촌인 윌크스베리에 도착했다. 이름이 알려진 홀렌백의 집은 쉽게 찾을 수 있었다.

"안녕하셨습니까. 공부가 하고 싶으면 찾아오라는 말씀에 염치 불고하고 왔습니다."

"어서 오시오. 먼 길 오느라 수고했어요."

홀렌백은 반갑게 맞이했다.

그는 약속대로 재필을 힐맨 아카데미라는 사립 중·고등학교에 입학시켜 주고 수업료를 내주었다.

"정말 감사합니다. 열심히 공부하여 꼭 보답하겠습니다."

재필은 몇 번이고 정중히 인사했다.

미국 펜실베이니아에서 새출발하게 된 재필은 '필립 제이슨'이란 이름을 쓰게 되었다.

"제이슨, 우리 집에서 지내면서 집안일을 도와주겠소?"

힐맨 아카데미의 스캇 교장이 물었다.

"그게 정말이세요? 알겠습니다."

재필은 얼른 대답했다.

그날부터 교장 집에서 잔디를 깎고 정원을 가꾸는 등 집안일을 도우면서 학교를 다녔다. 일 한 대가로 먹고 자는 걸 해결하고 잡비를 벌면서 미국인들의 생활방식을 배웠다.

어느 날 스캇 교장이 부인에게 겉옷을 입혀주는 모습을 본 재필은 깜짝 놀랐다.

"조선 남자들은 부인을 종처럼 부리며 천대하는데 여긴 대우가 다르구나."

미국의 풍습과 조선의 풍습이 너무 다른 것을 보고 많은 걸 깨달았다. 학교에서는 영어, 수학, 역사, 과학, 라틴어, 희랍어 등 새로운 걸 배웠다. 재필은 미국 학생들에게 지지 않으려고 밤낮없이 공부에 열중했다.

"하이, 필립은 고국이 어디야?"

"우리나라는 태평양 건너 조선이라는 나라야."

"조선? 일본 아니고?"

미국 학생이 연달아 물었다.

"일본 바로 옆에 있는 나라야."

그는 조선을 알지 못하는 사람들에게 자세히 설명해 주었다. 미국에서는 일본은 알아도 조선이라는 나라는 전혀 몰랐다. 어느 정도 영어가 익숙해지자, 배우는 속도가 무척 빨라졌다. 힐맨 아카데미에는 학생들이 토론과 연설을 배울 수 있는 연설법이라는 과목이 있었다. 얼마 후 재필은 레노니아라는 클럽의 연설회에 참여하여 2등으로 뽑혀서 10달러라는 큰돈을 상금으로 받았다.

"필립! 정말 대단하오. 당신의 나라에서 과거급제가 정말 대단한가 보구려 허허."

"다 홀렌백 덕분입니다. 더 열심히 하겠습니다."

재필은 미국에 온 지 3년 만에 영어를 완전히 익혀서 미국 학생들보다 연설을 더 잘하게 되자 자신감이 충만했다.

"내가 사람을 참 잘 알아봤소. 정말 훌륭하오."

홀렌백은 크게 기뻐하며 칭찬했다.

그는 공부에 열중하면서도 거리를 다니면서 미국의 생활 환경들을 눈여겨보았다.

'아무 데서나 똥이나 오줌을 누고 쓰레기를 버리는 것도 못 하게 하고…… 우리 조선도 길을 넓히고 깨끗이 가꿔야 해. 우선은 백성들의 생각부터 바꿔야 하겠지. 흠, 어떡하면 좋을까? 어, 내가 지금 무슨 생각을 하는 건가. 나라를 위한답시고 가족이 몰살당했는데.'

그는 자신 때문에 죽임당한 가족들 생각에 어느새 눈가가 벌게졌다. 그러면서도 몸은 떨어져 있어도 다시는 돌아갈 수 없는 고국을 마음에서 떠나보내지 못하고 늘 품고 있었다.

재필은 학교와 거리에서 배우고 사람들을 통해 배우는 게 많았다. 그중에서도 은퇴한 법관인 스캇 교장의 장인으로부터 유익하고 재미있는 경험담을 많이 들었다.

"링컨 대통령이 게티스버그에서 유명한 연설을 하였는데 한번 들어 보겠소."

"네, 듣고 싶습니다."

재필은 귀를 쫑긋 세우고 말했다.

"국민의, 국민에 의한 그리고 국민을 위한 정부는 영원히 소멸하지 않을 것이라고 했어요."

"와! 정말 감동적인 연설이군요."

그는 달뜬 목소리로 말했다.

'우리 조선도 왕이 백성을 위한다면 얼마나 좋을까. 선진국의 대통령은 다르구나.'

그런 말을 들을 때마다 외세가 심하고 백성을 보살펴야 할 정부에서는 서로 권력 다툼이 쉴 새 없이 일어나는 조선이 한심스러웠다.

재필은 힐맨 아카데미에 입학한 지 3년 만에 졸업하게 되었다.

"아, 내가 드디어 졸업하는구나."

그는 지난 시간을 돌아보며 마음이 깊어졌다.

졸업식 날, 그는 연단에 올라 학생 대표로 고별 연설을 했다. 연설을 마치자, 번개 치듯 박수 소리가 졸업식장에 울려 퍼졌다.

"외국인이 어쩜 저리 연설을 잘할까?"

졸업식장에 온 사람들은 놀란 표정으로 재필을 바라보았다.

"졸업을 축하해요. 자, 이젠 미국 시민권을 신청하러 갑시다."

홀렌백이 축하 인사를 건네면서 말했다.

"네에? 지금요? 저……."

재필은 대답을 머뭇거리면서 순간 생각했다.

'미국 시민권을 취득한다는 것은 미국 사람이 되라는 것인데.'

"아무리 조선이 제 가족을 모두 죽였다 해도 저는 내 조국을 배신할 수 없습니다."

"그, 그런 의미가 아니오. 조선을 위해 시민권을 받는 겁니다."

홀렌백이 당황하면서 말했다.

"조선을 위한 것이라고요?"

"그렇소, 필립이 이곳에서 공부를 계속하여 나중에 힘이 생겨야 조국을 위해 큰일을 할 것 아니오. 그러려면 미국 시민권이 필요하지요."

"필립, 홀렌백 말처럼 이곳에서 계속 살려면 시민권을 가져야 해요."

홀런백이 설명하자 스캇 교장도 옆에서 거들었다.

"자, 어서 가서 신청합시다."

두 사람의 강한 권유로 재필은 무엇에 홀린 듯 홀렌백을 따라가 시민권을 신청하고 말았다. 얼마 후 그는 시민권을 받았다. 재필은 한국 사람으로는 최초로 미국 시민이 되었다.

'아, 결국 미국 사람이 되었어.'

재필은 시민권을 보면서 많은 생각이 엇갈렸다. 그는 입학시험을 치렀던 라파예트 대학과 뉴저지에 있는 프린스턴 대학에 합격했다. 합격증을 받은 재필은 두 팔을 번쩍 들었다. 지나온 미국 생활이 주마등처럼 스쳐 지나갔다.

'아, 드디어 대학에서 공부할 수 있게 됐어. 홀렌백이 계속 도와줄 테니 더 열심히 해야지!'

"똑! 똑!"

그때 방문을 노크하는 소리가 들렸다.

"예, 들어오세요."

"필립, 홀렌백 씨에게서 연락이 왔는데 사무실로 좀 오라고 하네요."

스캇 교장의 부인이 문을 열고 말했다.

"네, 알겠습니다. 알려주셔서 고맙습니다."

재필을 정중히 대답했다.

'어, 무슨 일로 집이 아닌 사무실로 오라고 하지? 어서 준비하고 가봐야겠군.'

평소 홀렌백은 집으로 초대하여 식사하면서 이야기를 나누었지만, 오늘처럼 사무실로 부른 것은 처음이라서 재필은 의아해하며 집을 나섰다.

워싱턴
DC에서

재필은 사무실 문을 두드리고 나서 살며시 물었다.

"똑똑! 계십니까?"

"어서 와요, 필립. 이리 와서 앉아요."

홀렌백이 반갑게 맞이했다. 재필이 맞은편에 앉자, 그가 종이한 장을 건넸다.

"자, 이 서약서에 서명하시오."

'대학 졸업 후 신학교를 나와 조선에 선교사로 간다고 서약하면 학비를 계속 지원하겠다고.'

재필은 그가 내민 종이를 받아 들고 의아한 표정을 지으면서 다읽고 난 후 조용히 입을 열었다.

"만일 선교사로 가지 않겠다면 더 이상 학비를 지원할 수 없다는 말씀입니까?”

“그렇소! 난 필립을 조선에 선교사로 보내려 여태 도와준 거요. 물론 가겠다면 앞으로도 계속 도울 생각이오.”

홀렌백이 힘주어 대답했다.

“하, 하지만…… 기독교인으로서 전도의 목적도 중요성도 잘 압니다. 하지만 저는 조선에 갈 수 없습니다.”

재필이 자신의 의견을 내비쳤다.

“그게 무슨 말이오?”

홀렌백이 물었다.

“아시다시피 저는 대역 죄인으로 코리아에 들어가면 즉시 목이 베일 것입니다. 그러니 저는 이 서약서에 절대로 서명할 수 없습니다.”

재필은 힘들게 긴 말을 마치고 홀렌백을 쳐다보았다.

“그래요? 그렇다면 나는 필립을 도울 수 없소. 자 여기 이 20달러를 가지고 가시오. 마지막 선물이오.”

그는 책상 위에 달러를 놓으며 단호하게 말했다.

재필은 아무 말도 못 하고 멍하니 못에 박힌 듯이 서 있었다.

“앞으로 혼자 마음대로 살아보시오!”

홀렌백은 다시 재필을 향해 말했다. 재필은 믿었던 그가 너무나 냉정하게 대해서 아무 말도 못 하고 책상 위에 놓인 20달러를 슬며시 들고 사무실을 나섰다. 집으로 돌아온 재필은 앞으로 살아갈 일이 깜깜했다.

"흑흑, 이제 어찌한단 말인가."

아버지처럼 믿었던 홀렌백의 말에 충격을 받은 재필은 소리 내어 서럽게 울었다.

"필립, 무슨 일이오? 왜 그리 슬피 우는 거요?"

울음이 새어나갔던지 스캇 교장이 놀라서 문을 열고 들어와 물었다.

"아, 교장 선생님."

재필은 얼른 눈물을 훔치고 홀렌백의 사무실에서 있었던 일을 모두 말했다.

"아, 그런 일이…… 홀렌백 씨가 필립에 대한 기대를 많이 했기 때문에 그랬을 것이오. 기대가 크면 실망도 크다잖소."

스캇 교장이 재필을 다독였다.

"예, 그렇겠지요. 너무 냉정해서 저의 앞날이 캄캄합니다."

재필이 힘없이 말했다.

"참, 지금 아래층에 워싱턴에서 온 데이비스 교수가 와 있는데 같이 가서 얘기 나눠 봅시다."

"예, 교장 선생님."

재필은 앞서가는 스캇 교장의 뒤를 따라 층계를 내려갔다. 응접

실 소파에 앉아 있던 신사와 세 사람은 마주 앉았다.

"안녕하세요, 데이비스입니다."

"안녕하세요, 필립입니다."

재필은 그가 내민 손을 잡으며 인사했다. 스캇 교장은 재필의 사정을 이야기했다.

"굳게 믿었던 후원이 끊기어 공부를 계속해야 하는데 매우 난처한 처지랍니다."

"제 친구가 워싱턴에 있는 스미소니언 박물관의 관장입니다. 친구에게 소개장을 써 줄 테니 찾아가 보시오."

워싱턴에서 온 데이비스 교수는 재필의 딱한 사정을 듣고 제안했다.

"아! 정말 감사합니다."

재필이 환하게 웃으며 대답했다.

"박물관에는 동양 문서들이 많으니 번역하는 일이 있을지도 모르겠네요."

"네, 잘 알겠습니다."

"그리고 대통령의 비서인 핸들리에게도 소개장을 써 줄 테니 갖고 가시오."

데이비스 교수는 또 다른 소개장을 써주었다.

"대, 대통령 비서라면, 대통령 관저인 백악관에 가야 만날 수 있지 않습니까?"

재필은 너무 놀라서 말을 더듬거렸다.

"예 그렇습니다."

"우리 조선에서는 왕이 있는 궁궐에는 일반인이 들어가기란 무척 어려운 일인데 미국은 아닌가 보죠?"

"예, 미국에서는 누구나 차별 없이 갈 수 있습니다."

데이비스 교수의 말을 들은 재필은 고국을 잠시 떠올렸다.

"하나님, 감사합니다! 조금 전까지만 해도 희망이 사라져 슬피 울었는데 이렇게 도와주셔서 감사합니다. 앞으로 더욱 강한 의지로 어려운 일을 헤쳐 나갈 수 있도록 힘을 주시옵소서."

그는 데이비스 교수가 써준 두 통의 소개장을 갖고 방으로 돌아와 소개장을 감싸 쥐고 기도했다.

'내가 백악관에 가다니 꿈만 같아. 미국은 법 앞에서 모든 사람이 평등하고 국민이 주인인데 어쩌면 우리 조선의 백성들이 세계에서 제일 불쌍할지도 몰라. 특히 시골의 백성들은 더욱 고통이 심하지. 라파예트 대학에 들어가 공부하고 싶었는데. 음, 워싱턴에 가기 전에 학교에 찾아가 봐야겠어. 그래, 가능하면 라파예트 대학에서 공부하는 거야.'

그는 어둑해진 창밖을 바라보며 두 주먹을 불끈 쥐었다.

'조선에서 감히 상상도 못 할 대통령이 사는 백악관에 하잘것

없는 외국인 신분인 내가 갈 수 있다니.'

그는 생각만으로도 벅차올랐다.

다음 날 재필은 라파예트 대학을 찾아가 신입 담당인 에드워드 하트 교수를 만나 상담을 했다.

"아시다시피 홀렌백 씨가 우리 학교 이사이십니다. 그분이 돕지 않겠다고 했다면 장학금은 받기 어렵습니다."

"그, 그렇다면 다른 방법은 없을까요?"

난감한 표정으로 재필이 물었다.

"사정이 딱하니 우리 집안일을 돕는다면 먹고 자게 해줄게요. 그러니 등록금은 본인이 마련해 보세요."

"네, 감사합니다."

재필은 숙식이 해결되어 등록금을 마련하기 위해 펜실베이니아주에서 제일 큰 도시인 필라델피아로 갔다. 며칠을 돌아다녀도 마땅한 일자리가 없었다.

"에구, 다리야. 어떡하든 일자리를 찾아야 하는데."

일자리를 못 구하여 막노동했다. 일주일 내내 막노동으로 번 돈으로는 생활비로 쓰일 뿐 학비를 마련하기란 불가능했다.

'이대로 있다간 아무것도 안 되겠어. 라파예트 대학은 포기하고 워싱턴으로 가야겠어.'

그는 어쩔 수 없이 가고자 했던 대학을 포기하고 워싱턴으로 갔다. 그는 스미소니언 박물관을 찾아가 오티스 관장을 만났다.

"안녕하세요. 데이비스 교수님 소개장을 갖고 왔습니다."

재필은 품속에서 소개장을 꺼내드렸다.

"성실하고 실력이 좋은 청년이라고 소개했군요. 하지만 미스터 제이슨! 정식 직원으로 채용하기엔 무리가 있겠네요."

"예?"

재필이 놀라서 물었다.

"우리 박물관 모든 직원은 정부 인사위원회에서 임명하는데 그 위원회 동의 없이는 아무나 채용할 수 없습니다."

관장의 말을 들은 재필은 잔뜩 기대했던 마음이 와르르 무너지고, 다리에 힘이 쭉 빠졌다. 그 모습을 지켜보던 관장은 다시 말했다.

"이곳에도 동양에서 온 예술품이 많긴 한데 흠, 어때요, 제 개인 조수로 일해보겠어요? 대신 보수는 한 시간에 1달러입니다."

'1달러?'

재필은 잠시 고민했다.

"보수가 너무 적지만 딱히 다른 할 일도 없으니 그렇게 하겠습니다. 우선은 한 달만 그 조건으로 일해도 되겠습니까?"

"물론입니다."

관장은 흔쾌히 허락했다.

재필은 그날부터 관장의 조수가 되어 중국과 일본, 조선에서 온 물건들을 분류하는 일을 했다. 그리 어렵고 힘든 일은 아니었지만 공부하려면 좀 더 보수가 많은 일자리가 필요했다.

최초 한국인
공무원과 양의사

어느 날 틈을 내서 다른 소개장을 갖고 백악관을 찾았다. 그는 하얀색으로 지은 대통령이 사는 백악관으로 들어가 대통령 비서인 핸들리를 만났다.

"잘못 오셨습니다. 백악관은 취직을 시켜주는 곳이 아닙니다. 제가 메모를 써 줄 테니 공무원 인사위원회에 가보십시오."

소개장을 읽은 핸들리 비서는 즉석에서 메모를 써서 재필에게 주었다. 메모를 읽은 공무원 인사위원회에서는 재필이 시험을 치르게 해주었다. 어렵게 시험에 합격했지만, 빈자리가 없어서 그는 계속 박물관에서 일을 했다.

'언제쯤 빈자리가 나려나.'

날마다 목을 길게 빼고 기다리던 어느 날 박물관 관장이 찾아왔다.

"미스터 제이슨, 기쁜 소식이 있어요. 군의감 도서관의 관장인 친구를 만나 물었더니 동양의학 서적의 목록을 만들고 정리할 사람을 구한답니다."

"네? 그게 정말입니까?"

"한문과 일어로 된 의학 서적이 5천 권쯤 있다는데 먼저 테스트를 받아야 할 겁니다."

"네, 저는 어려서부터 한문과 일본어를 익혔기에 문제없습니다."

재필이 자신 있게 대답했다.

"우리 도서관에 정식 직원으로 채용 못 해 아쉽네요. 그럼, 제 친구 빌링즈를 찾아가 보세요."

"아, 아닙니다. 제게 큰 도움이 되었습니다. 그럼 또 뵙겠습니다."

재필은 인사를 하고 군의감 도서관으로 급히 갔다.

"안녕하세요. 제이슨입니다."

"어서 오세요. 일단 영어로 된 성경 구절을 중국어와 일본어로 번역해 주세요."

빌링즈 도서관 관장이 말했다. 영어로 일찍이 한문과 일본어, 성경을 배웠던 재필은 쉽게 테스트에 통과했다.

"와, 실력이 대단하십니다. 좋습니다. 당신을 우리 도서관에 채용하겠습니다."

"잘 부탁합니다."

그는 한국 최초의 미국 공무원으로 월 100달러의 봉급을 받으며 군의감 도서관에서 근무했다. 처음에는 동양 서적의 제목과 저자를 영어로 번역하는 일을 하다가 차츰 중요한 의학 서적의 내용을 발췌하는 일을 했다.

'어라, 서양 의학도 정말 재미있네.'

날이 갈수록 서양 의학에 빠져들었다. 재필은 월급으로 생활은 물론 학비도 충분히 낼 수 있게 되자 코코란 대학에 등록했다. 학교는 콜럼비안 대학교 부설 야간대학으로 퇴근 후에 다닐 수 있었다.

"어, 벌써 시간이 이렇게 되었네."

일에 집중하다 시간 가는 줄도 몰랐다.

"미스터 제이슨, 학교 갑니까?"

"네, 관장님!"

"일하면서 공부하기 힘들 텐데 어려움이 있으면 언제라도 말하세요."

"예, 신경 써주셔서 감사합니다."

"참, 제이슨은 법률 공부를 희망한다면서요? 지금도 그 결심 그대로입니까?"

관장이 물었다.

"아, 아닙니다. 바꿨습니다. 의학 서적을 접하며 흥미를 느껴 의학으로 바꿔볼 생각입니다."

"제이슨은 머리가 명석하고 의지가 강하니, 뭐든 잘할 겁니다. 분명 훌륭한 의학자가 될 겁니다."

관장이 웃으며 재필을 치켜세웠다.

"고맙습니다, 관장님!"

"앞으로 힘껏 도울게요. 그럼, 공부 잘하시고 내일 봅시다."

"네, 내일 뵙겠습니다."

그는 좋은 일이 생길수록 조국 조선이 더욱더 생각났다.

1년 후 가을 학기부터 존경하는 빌링즈 관장의 권유에 콜럼비안 대학 의학부에 입학했다.

'아, 내가 머나먼 이국땅에서 의학 공부를 하게 된다니.'

그동안 미국에서의 겪었던 일들이 주마등처럼 스치면서 그의 눈시울은 노을빛이 되었다.

낮에는 도서관에서 근무하고 저녁이면 학교에서 수업받으며 재필은 새벽녘까지 온 마음과 힘을 공부에 다 쏟았다.

"제이슨, 그러다 병나요. 건강도 생각하셔야지요."

도서관 동료들이 걱정스러운 표정으로 말했다.

"걱정 끼쳐서 죄송합니다. 그리고 고맙습니다."

재필은 대답은 그리했지만, 아랑곳하지 않고 이를 악물고 공부했다.

그 후 군의감 도서관은 육군 의학 도서관으로 바뀌었다. 재필은 낮에는 연구하고 밤에는 의학 공부에 더욱더 정진할 수 있었다. 그의 나이 스물여덟이 되던 해 삼 년간의 모든 과정을 마치고 한국인 최초로 의학사 학위를 받았다.

"제이슨 졸업을 축하합니다."

도서관 관장과 동료와 주변 사람들이 졸업을 축하해 주었다.

'아, 내가 미국에서 의사가 되었어. 어려운 사람들을 치료해 주는 좋은 의사가 되어야지.'

재필은 주먹을 쥐고 다짐했다.

졸업식을 마치고 워싱턴 시내에 있는 가필드 병원에서 1년 동안 인턴 과정을 거친 후 의사 면허를 받았다, 그는 몇 번이고 면허증을 보고 또 봤다. 아는 이 하나 없고 돈 한 푼 없이 무작정 태평양을 건너와 목숨을 부지한 것만도 신기한데 의사까지 되었다니 꿈만 같았다.

'새로운 삶도 잘해보자.'

의사가 된 후에도 육군 의학 도서관에 계속 근무하면서 세균학과 병리학에 관해 연구했다.

"제이슨, 쉬엄쉬엄해요. 연구하는 게 그리 좋아요?"

옆 동료가 물었다.

"새로운 학문이라 재미있어서 그만."

재필은 뒷머리를 긁적거리며 멋쩍어했다.

그러던 어느 날이었다. 콜롬비아 대학 의과대 지도 교수인 존슨이 재필을 조용히 불렀다.

"제이슨, 언제까지 도서관에 있을 거요? 의사가 되었으면 이제 병원에 있어야 하지 않겠소?"

예상치 못한 뜻밖의 말에 재필은 적잖이 당황했다.

"아, 네…… 교수님, 그래야지요."

"환자들을 치료하며 좋은 의술을 펼치는 게 의사로서의 본분이잖아요."

"잘 알겠습니다."

재필은 존슨 교수의 한마디가 마음 깊은 곳을 울리고 또 울렸다. 드디어 마음의 결정을 내린 재필은 도서관에 사직서를 제출했다.

"제이슨, 오래도록 함께 일하지 못하여 매우 아쉽지만, 좋은 일로 가는 것이니 앞날을 응원하리다."

빌링즈 관장님은 서운함을 내비쳤다.

"저를 있게 해준 관장님이 계신 도서관을 떠나는 게 몹시 아쉽습니다. 자주 오겠습니다. 그동안 여러모로 도움을 주서서 대단히 감사합니다."

"언제든지 오세요. 대환영입니다."

관장님은 그를 포옹해 주었다.

재필은 공무원 생활을 접고 병원을 개업했다. 재필은 따로 지낼 집을 구하지 않고 병원 진료실의 반은 커튼을 쳐서 침실로 사용하며 환자를 치료했다. 개원하면서 생활은 조금씩 안정되어 가던 어느 날이었다. 재필은 늦은 밤까지 의학 서적을 뒤적이다 바람을 쐬려 병원문을 나섰다. 근처 공원에 다다를 무렵 다급한 여성의 비명이 들렸다. 재필은 반사적으로 뛰어갔다. 그리고 여성을 에워싸고 있는 불량배들을 향해 소리쳤다.

"연약한 여자에게 무슨 짓이요? 썩 물러나시오!"

불량배들은 일제히 재필 쪽으로 몰려왔다. 그는 군사훈련 때 익힌 무술로 그들을 쓰러뜨렸다. 여성은 몹시 놀란 토끼 눈으로 재필을 바라보았다. 그 후 두 사람은 사랑에 빠졌다.

"똑똑."

"이쪽으로 오시죠. 어디가 불편하십니까?"

재필은 친절히 물었다.

"저…… 의사 선생은 안 계시는가?"

찾아온 사람은 재필을 위아래로 훑어보면서 물었다.

"제가 의사인 필립 제이슨입니다."

"당신이? 난 백인 의사인 줄 알고 찾아왔는데. 내가 잘못 찾아왔구먼. 세상에 동양인이 의사라니."

그는 돌아서 투덜거렸다.

"네?"

재필이 놀라서 묻는 사이 그 사람은 문을 꽝 닫고 나가버렸다.

"내가 동양인이라고 인종차별을 하다니. 내 조국 조선이 부강했다면 이런 일은 없었겠지. 이게 벌써 몇 번째란 말인가. 후유!"

재필은 환자로부터 받은 수모를 견디며 한숨을 푹 내뱉었다.

"미국 시민권을 취득하고 영어를 쓰며 살아도 조선인을 벗어날 수가 없구나!"

그 사람이 멀어져 가는 모습을 창밖으로 내다보며 중얼거렸다. 이때 문을 두드리는 소리가 들렸다.

"예, 열렸으니 들어오세요."

"필립!"

"오, 뮤리엘! 어서 오세요."

찾아온 여자를 재필은 반갑게 맞이했다.

"얼굴빛이 별로인데 무슨 일 있어요? 환자가 많지 않나요?"

뮤리엘이 재필의 얼굴을 살피면서 조심스럽게 물었다.

"예, 내가 동양인이라고 사람들이 번번이 꺼리고 피하네요."

재필이 굳은 표정으로 대답했다.

"필립! 전 차별하지 않아요. 당신을 너무너무 사랑한답니다."

"뮤리엘, 고마워요. 나도 당신을 사랑하오"

사랑스러운 눈빛으로 바라보는 뮤리엘을 재필은 힘껏 포옹했다.

새로운 인연

가족을 잃은 충격으로 다시 결혼한다는 건 상상하지 못했던 재필은 사랑하는 여인과 다시 결혼을 꿈꾸었다. 하지만 뮤리엘의 아버지는 전직 대통령의 사촌으로 미국 철도 우체국을 창설하고 초대 국장을 지냈으며 어머니도 지역 명문가였다. 그래서 재필이와 결혼을 심하게 반대했다.

"뮤리엘, 꼭 제이슨과 결혼을 해야겠니?"

"우리와 생김새와 국적은 달라도 성실하고 무엇보다 품격이나 됨됨이가 정말 훌륭해요. 아버지도 그 사람을 만나보시면 좋아하실 겁니다. 전 필립과 꼭 결혼하고 싶어요."

뮤리엘은 부모님을 설득했다. 똑똑하고 성실해도 부모는 동양 출신의 재필이 탐탁지 않았다.

"필립, 미안해요."

"난, 괜찮소. 부모님 마음 이해하오."

그는 자신의 처지를 알기에 뮤리엘 부모가 서운하지 않았다.

1894년 6월, 뮤리엘 부모님의 반대를 뚫고, 서른 살이 된 재필과 스물세 살인 뮤리엘 암스트롱은 커바넌트 교회에서 결혼식을 올렸다. 수많은 저명인사와 이백 명이 넘는 축하객이 참석했다. 미국의 세력 있는 신문사에서도 결혼 소식을 상세히 보도할 만큼 큰 화제였다. 재필이 저명한 의사이며 과학자라고 칭찬의 목소리가 높았다.

"좋은 집안사람과 결혼해도 될 만큼 부유한 집 딸이 어쩌다 동양 사람과 결혼한 거야."

"국경을 초월할 정도로 뮤리엘이 정말 좋아 하나 봐. 인물도 훤칠하고 머리도 아주 비상하다는데, 결혼할 때는 그만한 이유가 있지 않을까?"

축하객들은 한마디씩 했다. 이처럼 명문가 딸이 동양의 작은 나라 출신 청년과 결혼하는 것은 퍽 드문 일이었다. 더욱 서부에서는 중국인을 거부하고 밀어내는 운동이 심했다. 그런데도 두 사람이 국경을 넘어 결혼에 이룰 수 있었던 것은 재필의 준수한 용모와 성실한 인품이었다.

재필은 병원을 열었으나 인종차별 때문에 수입이 많지 않아서 형편이 어려웠다. 그는 모교에서 조교와 교수를 하면서 근근이 살았다.

'아, 내 나라가 아닌 곳에서 살아가는 게 너무 힘드네. 이제 결혼하여 지켜야 할 가족도 있는데 어쩌나. 후유!'

재필은 마음처럼 일이 풀리지 않아서 한숨이 늘었다.

"여보 너무 걱정하지 말아요. 당신 곁에는 내가 있잖아요. 설마 굶기야 하겠어요."

"뮤리엘, 당신이 있어서 힘도 되지만 미안하오."

재필은 뮤리엘을 살포시 안았다.

어느 날 워싱턴 주재 일본 공사가 재필을 찾아왔다.

"안녕하세요."

"공사께서 여긴 어쩐 일이세요."

"저희가 청나라를 이겨서 수구세력이 물러나고 지금은 개화파가 정권을 잡았습니다."

"그거 잘 됐군요."

재필은 시큰둥하게 대답했다.

"박영효가 내무대신과 총리대신 서리가 되었으며 서광범이 법무 대신과 학부대신이 되었습니다. 박영효 총리께서는 재필 당신을 외무차관에 임명했습니다."

"네에? 외무차관이요?"

재필이 놀라서 거듭 물었다.

"어떻습니까? 여비를 드릴 테니 귀국하시지요?"

일본 공사가 넌지시 물었다.

"싫소! 외무차관보다 더한 것도 난 관심 없소. 이곳에서 하는 일이 더 중요하고 앞으로도 그럴 계획이요. 조선으로 돌아갈 생각은 더더욱 없소!"

재필이 딱 잘라 말했다.

"미스터 제이슨! 그러지 마시고 저희가 도울 테니 생각을 바꾸시죠"

"더 듣기 싫소. 나는 갑신정변 때 당신네의 일본을 믿었다가 이 지경이 된 거요 모르셨소? 더는 얘기하기 싫으니 그만 돌아가시오!"

재필은 격앙된 목소리로 말했다.

"예. 돌아가지요. 그러나 생각이 바뀌시면 꼭 연락을……."

일본 공사는 자리에서 일어나 엉거주춤 엉덩이를 내밀고 아쉬운 듯이 말했다. 재필은 대꾸도 없이 자리에서 일어나 창가로 갔다.

"미스터 제이슨, 그럼, 연락 기다리겠습니다."

공사는 문을 열고 나가려다 다시 말했다.

'흠, 일본이 청일 전쟁에 이겼기 때문에 앞으로 조선에 대한 간

섭이 심해질 거야. 높은 지위에 있는 형님들이 백성들을 개화시켜 강한 조선을 만들어야 할 텐데.'

재필은 걱정스러운 얼굴로 먼 조선 쪽을 바라보았다. 힘든 상황에서도 자신보다 조국 걱정이 늘 앞섰다.

재필은 개화당 동지들로 구성된 새 내각이 고종의 신임을 잃고 어려움을 당하고 있다는 소문을 듣고 몹시 가슴 아팠다.

'또 화를 당하지 않았을까? 제발 별일 없어야 할 터인데, 으흠!'

재필의 한숨이 날로 늘었다.

"쾅쾅쾅! 쾅쾅쾅!"

어느 날 누군가 재필이 운영하는 병원문이 부서지라 두들겼다.

'응급환자인가?'

"예, 예! 들어오세요."

"재필 아우!"

문이 벌컥 열리는 순간 박영효는 재필을 애타게 부르며 손을 내밀었다.

"혀, 형님이 여긴 어떻게? 일국의 총리대신이 연락도 없이 어쩐 일이세요?"

재필은 박영효와 손을 맞잡으며 놀란 얼굴로 물었다.

"난, 지금 조선에서 도망을 왔네. 아우님에게 할 말도 있고 마땅히 갈 곳도 없고 해서. 미안하이."

"아니, 잘 오셨어요. 그건 그렇고. 못 뵌 지 벌써 십 년이 지났는데 그동안 어떻게 지내셨습니까?"

"후유! 그간에 있었던 사정이 기네. 우선 물이나 한 잔 주시게나."

"아, 예!"

재필이 급히 따라 준 물을 한 모금 마신 박영효는 말문을 열었다.

"일본이 청일 전쟁에서 이긴 후, 조선을 식민지로 만들려고 하는 걸 우리가 결사적으로 반대했지만 결국 실패하고 도망 온 거네."

"예나 지금이나 일본 놈들은 변함이 없네요. 일본 공사가 조선으로 가자고 찾아왔어요. 그놈들 속셈을 뻔히 아는데."

"일본 공사는 고종과 명성황후 앞에서 날 모함하고 수구파들은 내가 명성황후를 시해할 것이라고 소문을 퍼뜨려 본의 아니게 대역 죄인이 되었네."

박영효는 억울한 표정을 지었다.

"그래서 피해 오셨군요. 잘 오셨습니다."

박영효는 그간 새 내각이 들어선 몇 개월 동안 조선의 모든 분야를 개혁하려고 노력했던 것들을 말했다.

"무엇보다 교육제도를 개혁해서 신지식을 보급하고 유능한 인재를 양성하는 것도 추진했었네."

"그건 제가 바라던 일인데 잘하셨네요."

"그럼. 이제는 아우님이 나서 줘야 하겠네."

"뭘요?"

재필이 놀라서 물었다.

"지금 조선의 전세는 어렵지만 우리 동지인 유길준과 서광범이 중요한 자리에 있으니 자네에게 큰 도움이 될걸세."

박영효는 사뭇 진지하게 말했다.

"아니, 형님, 그게 쉽게 될 수 있는 게······."

"나는 아우님이 귀국하면 많은 일을 할 수 있을 거라 믿네. 설마 이 어려운 시기에 혼자 편히 지낼 생각인가?"

"아, 아니 그럴 리가 있습니까?"

재필은 느닷없이 나타나 구슬리고 달래는 박영효를 보면서 말을 더듬었다.

"여행 경비와 필요한 물품은 주미 공사관에서 준비해 준다네. 지금 조선은 아우님을 부르고 있어!"

박영효는 한 달이 넘도록 재필을 만나면서 그를 설득했다. 재필도 고국으로 차츰 돌아갈 생각이 들기 시작했다.

'아! 나를 버린 조선을 잊고 싶었는데······ 혹독한 시련을 안겨 준 조국이지만 밤낮으로 걱정하는 내 나라를 어찌 모른다고 할 것인가. 이것도 내 운명이라면 내일이라도 병원 문을 닫고 떠날 수

있지만 뮤리엘을 어떡하지.'

결혼한 지 얼마 되지 않은 아내 뮤리엘을 두고 떠난다는 게 쉽지 않았다.

"여보, 저녁이면 잠도 잘 못 주무시고. 당신 얼굴이 너무 어두워 보여요. 병원에 무슨 일 있으세요?"

아내 뮤리엘이 물었다.

"제가 그렇게 보이요? 허허. 얼마 전 고국 조선에서 나를 만나러 손님이 오셨소."

재필이 웃으며 대답했다.

"오랜만에 고국 사람을 만났는데 왜 무슨 일이라도……?"

뮤리엘은 걱정스러운 표정으로 재필을 빤히 쳐다보면서 물었다. 그는 박영효를 만나서 나누었던 이야기를 자세히 알려주었다.

"아하 그런 일이 있었군요. 고국이 당신을 원하면 가셔야지요. 뭘 망설이세요. 저도 함께 가면 되지요."

"뮤리엘, 그, 그게 정말이요? 당신이 문화와 생활이 다른 조선에서 살기란 쉽지 않을 것이요."

"당신이 곁에 있다면 난 다 견딜 수 있어요."

"정 당신 생각이 그렇다면 내가 먼저 가서 상황을 보고 편지하리다. 당신은 그때 오도록 합시다."

"그렇게 하겠어요."

다시 찾은 고국

가로수 나뭇잎이 붉게 물들었다가 하나둘 떨어져 뒹구는 11월, 재필은 정들었던 병원 문을 닫았다. 그리고 미국을 떠나 고국 조선으로 향했다.

'내가 다시 고국에 돌아가다니. 으흠.'

뱃머리에 부서지는 파도를 보면서 재필은 여러 생각이 엇갈렸다. 11년 전 도망치듯이 조선을 빠져나올 때만 하더라도 생전에 다시 발붙이지 못하리라 생각했던 고국으로 향하고 있다는 게 믿기지 않았다.

1895년 12월 25일, 일본을 거쳐서 인천 제물포항에 도착했다. 재필은 뱃전에 나와서 가까워지고 있는 뭍을 바라보았다.

'10년이란 세월이 지났는데 이 땅은 예전 그대로야.'

"휘이잉, 휘이잉!"

살을 에듯 매섭게 불어오는 겨울 바닷바람은 재필의 마음을 더 얼어붙게 했다. 배가 도착했지만, 그를 반기는 사람은커녕 아는 이 하나 보이질 않았다.

'환영하는 사람을 찾아볼 수 없는 이곳에 무엇 때문에 다시 왔을까?'

그는 고국 조선에 돌아온 게 후회되었다. 터덜터덜 부두를 빠져나와 먼 여정으로 지친 몸을 쉴 곳을 찾았다.

"우선 저곳에 들어가 쉬면서 서울 갈 방법을 알아봐야겠어."

눈에 띄는 여관으로 들어갔다.

"서울 가려는데 혹여 인력거나 마차를 불러줄 수 있겠소?"

"마차요? 한성까지 인력거나 마차로 가기는 어렵습니다. 길이 끊어지는 곳이 많아서요."

"아직 기차가 없다는 건 알았지만 인력거나 마차도 다니지 못할 정도의 길이라니."

"보아하니 조선 사람이신데 오랫동안 멀리 계시다 오신 것 맞죠? 외국에서 오신 손님들은 그것 때문에 불편을 겪지요. 아메리카 사람들은 마차 도로가 없다는 걸 이해하지 못한답니다. 내가 어렸을 때는 여름 장마철이면 강물이 불어나 다리가 물에 잠기고 길이 막혀서 먼 길을 다닐 수가 없었지요. 좁은 논둑이나 밭둑 위로 겨우 다녔답니다."

주인은 재필을 바라보면서 하고 싶은 말을 다 했다.

재필은 조금도 나아진 게 없는 조선의 현실이 안타까웠다. 미국은 워싱턴, 뉴욕, 샌프란시스코 등을 비롯하여 사방으로 시원하게 뚫린 큰길은 물론이고 도시와 도시를 잇는 철도까지 깔려 있지 않는가.

"그럼, 가마꾼과 짐을 나를 말을 알아봐 주시겠소?"

"알겠습니다."

주인이 물러가자, 일하는 사내아이가 아침상을 들고 왔다.

"손님, 아침 드세요."

상위에는 일본식으로 차려 있었다. 사슴처럼 눈망울이 맑은 소년은 멀찍이 떨어져 두 손을 모으고 다소곳이 서 있었다. 재필은 밥을 먹으면서 간간이 소년을 바라보았다. 문득 역적으로 몰릴 때 굶어 죽은 두 살 난 아들이 떠올랐다.

'살아 있으면 저 아이 또래쯤 되었겠지.'

그는 소년과 아들 얼굴이 어른거리고 겹쳐서 목이 꽉 메어서 밥을 제대로 먹지 못했다.

"가마꾼을 데려왔습니다."

마침 밖으로 나갔던 여관 주인은 가마꾼과 짐을 실을 조랑말을 데리고 나타났다.

"조금만 기다려 주시오. 내 금방 나가리다."

재필이 방 밖으로 나오려다 그곳에 서 있는 소년에게 다가가 가방에서 크리스마스카드를 꺼내 주었다.

"애야, 잘 지내거라."

"어르신 잘 가세요."

소년은 카드를 받아 들고 빙그레 웃었다.

가마는 얼기설기 짠 나무틀에 얇은 천을 덮어 초라했다. 짐을 실은 늙은 조랑말은 눈 주위에 눈곱이 끼고 발굽의 달린 편자는 녹이 슬어서 너덜거렸다.

"오늘 안으로 한성에 도착할 수 있겠소?"

재필은 가마에 오르면서 물었다.

"밤늦게나 도착하겠는데요. 겨울이라서 길이 미끄러워져 가기가 어렵지만 서둘러 보겠습니다."

가마꾼은 삶에 찌든 쉿소리로 대답했다.

가마 안은 밖이나 다름없이 썰렁했다. 네 사람이 멘 가마는 출발하자마자 몹시 흔들리고 매서운 겨울바람은 사정없이 가마 안을 파고들었다.

'이러다간 서울 도착하기 전에 얼어 죽겠군. 저 가마꾼은 얼마나 추울꼬.'

재필은 밖에 있는 가마꾼들 생각에 마음이 편치 않았다.

한겨울 추위와 맞서며 여덟 시간이 훌쩍 지나서야 밤늦게 서울에 도착했다. 그는 남산 아래에 있는 작은 여인숙을 찾아 들었다. 방안은 바람만 막을 뿐이지 바깥이나 다름없고 방바닥은 얼음장이었다.

'어이 추워! 너무 추워서 잠을 잘 수가 없구나.'

그는 밤새 이불을 머리끝까지 뒤집어쓰고 사시나무 떨듯 오들오들 떨었다.

뜬눈으로 밤을 새운 재필은 날이 밝자마자 서광범에게 사람을 보내 서울에 왔음을 알렸다. 연락을 받은 서광범이 급히 달려왔다.

"먼 길 오느라 수고 많았네. 그런데 정말 어려울 때 돌아왔구면."

서광범은 반기면서도 걱정스러운 표정을 지었다.

"지금 나라 형편이 그렇게 어렵습니까?"

"나도 법부대신에서 학부대신으로 밀려났네. 견디기 어려워서 며칠 후 주미 공사로 떠나기로 했네."

"음……."

재필은 가느다란 신음을 했다.

"그나저나 우리 집으로 가세."

서광범은 재필을 자기 집으로 데리고 가 암담한 나라 사정을 자세히 말했다.

"일본 공사가 지난여름 명성황후를 시해해서 온 백성이 일본을 증오하고 있네."

"예? 그, 그게 정말입니까? 이런 천하에 몹쓸 놈들! 국모를 죽이다니."

재필은 두 주먹을 불끈 쥐고 부르르 떨었다.

"어디 그뿐인가. 김홍집 내각은 힘을 잃고 일본의 꼭두각시가 되고, 거기다 단발령까지 선포했다네."

"단발령을요?"

"상투를 자르고 망건을 폐지하라고 하는 데 너무 강압적이어서 민심이 몹시 나쁘다네."

"조선을 지배하기 위해 일본이 시킨 일이군요."

"자네 생각이 맞네. 난 전세가 너무 나빠서 떠나기로 했네."

"그럼, 저도 다음 배로 미국에 돌아가야겠어요."

재필이 결심한 듯 말했다.

"뭐이? 자네는 먼 길을 왔는데 다시 생각해 보게. 박영효는 어려운 나라를 위해 자네가 필요해서 미국까지 찾아갔네. 자네를 기다리는 실권자인 유길준을 만나보게."

서광범은 다시 미국으로 가겠다는 재필을 타이르고 말렸다.

"알겠습니다. 우선 미국 친구인 헨리 아펜젤러 목사 집에 숙소를 정하고 그다음 유길준을 만나보겠습니다."

일단 미국으로 가는 걸 잠시 보류하고 조선의 현 상황을 알아보기로 했다. 재필은 조선 최초의 개신교인 정동교회를 세운 친구인 헨리 아펜젤러 목사를 만났다.

"제이슨! 고국에 돌아온 걸 환영합니다. 다른 숙소가 정해질 때까지 우리 집에 있어요."

아펜젤러 목사는 재필을 매우 반겼다.

"조선에서 만나니 더 반갑고 헨리가 있어서 든든하고 좋네요."

정해진 숙소에서 편히 여독을 푼 재필은 내부대신 유길준을 찾아갔다. 그는 개화파의 8년 선배이면서 일찍이 일본과 미국의 문화를 체험한 인물이다.

"어서 오세요. 송재, 무척이나 기다렸는데 이제야 뵙소이다. 먼 길 오시느라 고생하셨소이다. 자, 이쪽으로 앉으시오. 지금 나라 형편이 어렵고 할 일은 많은데 우선 송재께서 외부대신이 되어 주시오."

유길준은 온 얼굴에 미소를 가득 머금고 재필의 손을 덥석 잡았다.

"반갑게 맞아 주셔서 고맙습니다. 아니 그럴 수는 없습니다. 저는 버슬을 원해서 고국에 돌아온 것이 아닙니다."

재필이 딱 잘라 말했다.

"그렇다면?"

유길준이 의아한 얼굴로 물었다.

"백성의 교육을 위해 신문을 발행하고 제 방법대로 조국을 위해 일하고 싶습니다."

그는 자신이 하고자 하는 일을 말했다.

"그래요? 신문을 발행하는 것은 개화에 큰 도움이 될 것이요. 필요한 재정은 충분히 지원하겠소."

"정말이십니까? 감사합니다."

"참, 황제께서도 송재의 귀국을 알고 계시는데 며칠 후 궁성에서 관병식이 있을 예정이니 그때 뵙도록 하시오."

"황제께서 알고 계신다고요? 그날 뵙도록 하겠습니다."

"아참, 정부 고관들과 외국 사신들이 관병식에 참관하는데 송재가 외국 사신들의 통역을 맡아주시겠소?"

"예, 그렇게 하겠습니다."

조선 최초 국기에 대한 경례와 강연회

　재필이 서울에 도착한 지 열흘이 지나고, 궁궐에서 관병식이 열렸다. 그는 고종 황제 앞으로 나아가 허리 굽혀 공손히 인사를 올렸다.

　"전하, 그간 안녕하셨습니까. 이렇게 불러 주셔서 황공하옵니다."

　"경이, 왔다는 소식은 들었소. 만나게 되어 반갑소."

　갑신정변 이후 처음 뵌 고종은 옅은 미소를 보이며 대답했다. 재필은 고종과 외국 사신들 사이를 오가며 통역했다. 관병식이 무사히 끝나자, 고종은 재필을 불렀다.

　"오늘 수고했소."

　"황공하옵니다. 전하!"

"경이 미국에서 양의학을 공부하여 높은 경지에 도달하였다는 말을 들었소. 정말 장하오. 내가 마침 눈병이 난 것 같으니 진찰하고 치료해 주기 바라오."

"황공하옵니다."

'역적으로 몰려 외국으로 도피한 나를 따뜻하게 맞아 주시다니……'

황제로부터 따뜻한 인사말을 들은 재필은 감격스러워 눈물이 났다.

"송재, 긴히 할 말이 있으니 내 방으로 오시오."

유길준은 일본 공사의 눈을 피해 재필의 마음을 얻으려고 안간힘을 썼다.

"예."

"앞으로 20년간 일하는 것으로 계약할 테니 송재가 관보국을 맡아주시오."

"관보국요?"

재필이 깜짝 놀라 물었다.

"그렇소, 관보국은 내가 직접 일을 맡아서 하는 곳으로 홍보하는 일이요."

유길준이 세세히 설명했다.

"미리 말했지만, 나는 어떤 벼슬도 하지 않겠지만 홍보에는 관심이 있으니 도와드리지요."

재필은 진작부터 관심 있던 분야라서 흔쾌히 대답했다.

"고맙소, 우선 가까운 시일 안에 강연회를 엽시다. 조선 역사상 강연회는 처음이오. 내가 내부대신 이름으로 공문을 보내 정부 관리들을 참석시킬 테니 송재가 강연하시오."

"강연회요? 예, 알겠습니다."

옛 남별 궁터에는 대신들을 비롯하여 수백 명의 관리들이 참석한 가운데 우리나라 최초의 강연회가 열렸다. 강연회장 앞면에는 '송재 서재필 강연회'라는 플래카드가 걸렸다. 재필은 경연이 시작되자 연단에 올랐다.

"안녕하십니까. 서재필입니다. 제 강연을 듣고자 모여주셔서 대단히 감사합니다. 여러분, 내 말을 잘 들어 주세요."

그는 미국에서 쌓은 실력을 발휘하여 조선에서 가장 필요한 것에 대해 연설하였다.

"와! 말을 정말 잘하는구나. 우리도 할 수 있는 것이 많이 있었네."

"처음 듣는 말이지만 모두 맞는 것 같아요."

"그래요, 백성이 나라의 주인이래. 정말 그런 나라가 될 수 있을까?"

"저 이가 살다 온 미국은 그렇다고 하잖는가."

그곳에 모인 사람들은 재필의 연설을 들으면서 설왕설래하며 수군거렸다.

"이것으로 오늘 강연을 마칩니다. 모두 앞에 있는 태극기를 향해 서 주십시오. 나라를 사랑하는 마음으로 태극기를 향해 경례 하겠습니다."

"예, 좋습니다."

"와! 그래요."

관리와 대신들은 물론이고 누구 하나 반기를 든 사람 없이 그가 하자는 대로 순순히 따랐다. 재필은 조선 역사상 처음으로 국기에 경례를 시행하므로 참석자들에게 애국심을 심어주는 효과를 거두었다.

"조선 역사상 국기에 경례는 처음일세. 송재는 역시 앞서가는 사람이오."

유길준은 옆 대신들에게 말했다.

"정말 소문대로 똑똑한 사람입니다."

"송재, 정말 훌륭한 연설이었소, 청중들 반응도 대단했어요. 짝 짝짝! 앞으로 일요일마다 강연회를 열도록 합시다. 강연을 통해 서라도 교육과 개혁이 가능하다고 봅니다."

유길준은 힘차게 손바닥을 쳤다.

"예, 청중들이 놀라면서도 찬동하는 빛이 훤히 보여서 한 번으로 끝내기는 아쉬웠는데 나도 같은 생각이오."

재필은 자신이 조선의 개혁을 위하여 한 걸음 나갔다는 생각에 기분이 좋았고 강연에는 자신이 있으니 유길준 말에 전적으로 동의했다.

"참, 송재에게 10년간 매달 월급으로 미국 돈 300달러를 주겠습니다."

"예? 300달러라면 대신들의 월급과 같지 않습니까?"

재필이 놀라서 물었다.

"당연히 대신들과 같은 대우를 받아야지요. 직함은 중추원 고문으로 합시다."

"아니, 그건……."

"송재, 고문은 벼슬이 아니니 사양하지 마세요."

"예, 알겠습니다. 허허."

재필은 더는 사양 못 하고 그러겠다고 대답했다.

"자 그럼 내 방으로 가십시다."

유길준은 앞장서서 자신의 방으로 갔다. 그리고 언제 만들어 놓았는지 임명장을 주었다.

"신문 제작은 외부 협판인 윤치호가 도움을 줄 겁니다."

"예."

재필은 적잖은 월급도 받게 되고 자신이 하고자 했던 신문 제작도 하게 되자, 태평양 건너 자신의 편지를 기다리고 있을 아내 뮤리엘이 떠올랐다.

'오늘은 편지를 써서 보내야겠다. 뮤리엘, 조금만 기다려요.'

중추원 고문이 된 재필은 외부 협판인 윤치호를 만났다.

"안녕하십니까? 서재필입니다."

"네, 어서 오십시오."

윤치호와 재필은 인사를 나누고 신문 발행에 대해 구체적인 이야기를 나누었다.

"신문은 한글과 영어를 혼용해서 만들 생각입니다. 윤협판이 많이 도와주세요."

재필이 정중히 부탁했다.

"예, 신문에 관한 지식이 적고 시간이 없어서 도움이 될지 모르겠습니다."

윤치호는 한걸음 뒤로 빼며 대답했다.

"윤협판은 중국과 미국에서 영어를 배운 수재라고 들었습니다. 번역하는 일을 맡아주세요."

"예, 알겠습니다."

윤치호는 마지못해 대답했다.

조선의 마지막 영의정이었던 김홍집은 신문이란 매체와 서재필 같은 인재가 필요해서 파격적인 지원을 하기로 했다. 재필에게는 부인과 지낼 집 건축을 위해 1,400달러를 지급하고, 신문 발행에 필요한 건물과 인쇄기, 출판비로 거금인 3,000만 원을 지출해 주었다.

'이제 홀몸도 아닌 뮤리엘이 조선에서 지내는 데 불편함이 없는 집을 지어야겠어.'

그는 마음이 급해졌다. 무엇보다 신문을 발행할 수 있게 되어 흐뭇했다.

얼마 후 그가 신문 발행을 계획하고 있다는 기사가 한성신보에 크게 실렸다.

"안 돼! 서재필이 신문을 만들어서 우리 일본을 비판하게 그냥 둘 수 없어. 그를 협박해서 신문 발행을 막아야 해! 유길준이 서재필을 도왔기 때문에 이런 일이 생긴 거야. 그를 내각에서 쫓아내야겠어! 우리가 수입해서 팔고 있는 석유를 직접 수입하려고 조선 상인들을 선동해서 회사를 만들게 하려는 게 틀림없어. 우리 일본에 큰 방해가 되는 서재필을 조선 땅에서 추방해야 해!"

일본 공사 코무라는 크게 화를 내면서 읽던 신문을 움켜쥐고 바들바들 떨었다.

윤치호는 재필을 찾아왔다.

"코무라 공사는 우리가 신문 내는 것을 결사적으로 반대하고 있어요. 만일 계속 추진하면 관련자들을 모두 암살하겠다고 협박까지 하더군요."

"그, 그럴 수가······."

윤치호에게서 일본 공사의 말을 그대로 전해 들은 재필은 놀라 한동안 입을 다물지 못했다. 일본은 당연히 그럴 수 있으리라 짐작했지만, 암살까지 하려 하다니 말문이 막혔다.

"일본 암살자로부터 나를 보호해 줄 사람이 아무도 없는데 아무래도 신문 발행을 포기할 수밖에 없어요."

윤치호는 잔뜩 겁먹은 얼굴로 말했다.

"이대로 포기할 수 없어요. 우리가 그들의 협박에 휘둘려서는 결코 안 돼요! 저들이 협박 못 하도록 힘을 키워야지요."

재필은 일본 공사의 협박에 신문 발행을 포기하려니 너무 화가 났지만, 그들의 협박에 신문 발행은 물거품이 되고 말았다. 재필은 힘없는 나라의 서러움을 뼈저리게 느끼며 하루하루를 공포로 지냈다.

'한나라의 국모도 해치는 잔인한 일본 사람들이 나 같은 사람은 아주 쉽게 죽일 수 있어. 신문을 포기한 지 열흘이 지나도록 아무 일도 할 수 없네. 모든 걸 포기하고 미국으로 돌아갈까? 불쌍한 백성들을 생각하면 그럴 수도 없고.'

그 일이 있고부터 아무것도 할 수 없는 무력감에 별별 생각을 하면서 깊은 고민에 빠져 방에만 박혀있던 재필은 밖으로 나왔다.

"아니, 저기 광화문 거리에 웬 사람들이 모여있지?"

마침 광화문 거리에 웅성거리는 사람들이 눈에 띄었다. 사람들 틈을 비집고 들어가자, 땅에 누워 있는 사람이 보였다. 낯익은 얼굴이었다.

"앗, 총리대신이 어떻게 된 일이지."

재필의 외마디 소리에 누군가 속닥였다.

"맞아 죽었대. 보나 마나 일본 짓이지."

사람들은 시체를 보면서 말했다.

"고종께서도 궁궐에서 벗어나 러시아 공관으로 가셨다더군."

"예? 그게 사실입니까?"

재필이 방안에만 있는 동안 여러 일들이 일어나는 걸 모르고 있다가 새삼 놀랐다.

"젊은이는 아직 모르는 모양인데 친일 내각을 물리치기 위해 그러셨다오. 여기에 김홍집과 농무대신 전병화, 재무대신 어윤중도 처참하게 죽임을 당했다오."

그곳에 모인 사람 중에 의복을 제대로 갖추어 입은 선비 차림의 어떤 이가 말했다.

"그, 그러면 유길준 내부대신은 어떻게 됐는지 아십니까?"

재필이 다급하게 물었다.

"그 사람이라고 별수 있나요. 유길준은 일본으로 꽁지 빠지게 달아났다고 합디다.”

“아!”

재필은 텅 빈 사막 한복판에 있는 듯 써늘하고 아득했다.

‘이러고 있을 때가 아니야. 속히 윤치호 협판을 만나 봐야겠어.’

한글로 된 독립신문

재필은 부리나케 광화문을 벗어나 윤치호에게로 달려갔다.

"저 송재입니다."

"어서 오시오. 그러잖아도 지금 막 러시아 공사관에 다녀왔습니다."

"고종께서는 별고 없으신지요?"

"고종을 뵙고 조선의 체면을 생각해서라도 공사관 부근에 있는 조선인 집으로 옮기시라고 말씀드렸지만, 그곳에 계시겠다고 한마디로 딱 잘라 거절하셨습니다."

윤치호는 말을 마치고 답답한지 숨을 크게 내쉬었다.

"황제가 외국 공사관의 보호를 받는다는 것은 부끄러운 일인데 조선의 앞날이 걱정이요. 그래도 일본 공사 손에서 벗어난 것은 천만다행이군요."

"예 그렇습니다. 고종께서 박정양을 총리대신 서리로 임명하셨고 저는 학부대신 서리 겸 학부 협판에 임명하셨습니다."

"모두 새로운 걸 바라는 분들이라서, 이젠 포기했던 신문도 다시 시작할 수 있겠군요?"

재필이 조심스럽게 물었다.

"예, 박 총리대신은 유길준 대신이 약속한 것을 지키고 적극적으로 돕겠다고 했으니 불행 중 다행입니다."

재필은 수포로 될 신문 발행을 할 수 있다는 기대감으로 새벽부터 밤늦게까지 신문 발행에 대해 온 힘과 정성을 쏟았다.

재필은 러시아 공사관에 계시는 고종을 뵈려고 정동의 자그마한 언덕을 올랐다. 하얀 회칠로 우뚝 솟아 주위를 압도하는 건물 앞에는 목에 힘이 잔뜩 들어간 러시아 경비병이 서 있었다.

"조선 황제를 뵈러 왔습니다."

"출입 증명서를 작성하시오, 허락이 떨어져야 들어갈 수 있소."

경비병은 무뚝뚝하게 말했다. 재필은 신청서를 작성하고 한참을 기다렸지만 아무런 말이 없었다. 다시 물어도 경비병은 같은 말만 되풀이했다.

'내 나라 황제를 만나는데 무례한 자들에게 허락받아야 한다니.'

그는 얼굴을 찌푸리며 서 있었다. 그때 챙이 넓은 모자에 화려한 레이스가 달린 원피스를 입은 서양 여성이 걸어 왔다. 재필은 그녀에게 다가가 영어로 말을 걸었다.

"혹시 공사관에 들어가십니까?"

"예, 코리아 국왕 전하를 뵈러 갑니다."

"저는 미국에서 온 서재필입니다. 실례지만 무슨 일을 하십니까?"

"저는 이 근처에서 정동 구락부를 운영하는 앙투이네트 손탁이며 제 형부가 베베르 공사입니다."

"그래요? 러시아 사람입니까?"

"저는 독일 태생입니다. 형부가 이곳으로 부임할 때 저도 함께 왔어요."

"저도 코리아 국왕을 만나러 왔는데 들어가기가 쉽지 않군요."

"제가 말해 볼게요."

재필이 말을 들은 손탁은 러시아어로 경비병에게 재필을 빨리 들여보내라고 부탁했다. 곧바로 문이 열리고 그는 손탁과 함께 공사관 안으로 들어갔다. 손탁은 여느 조선인과 달리 쭉 뻗은 체격에 품격 있는 매너를 갖춘 재필에게 호감을 느꼈다.

"저희 정동 구락부에 한 번도 안 오셨지요?"

"저는 지난해 말 조선에 와서 한 번도 못 갔습니다."

"꼭 한번 들려주세요. 외교관들이 모이는 사교장이랍니다."

"네."

손탁 덕분에 고종 황제를 뵙고 한나라의 황제가 대궐에 계시지 않고 남의 나라 공관에 계시면 체면이 아니니 어서 궁궐로 돌아가시자고 말씀을 올렸다.

새로운 내각이 들어선 정부에서 농상공부의 고문을 맡게 된 재필은 정동의 허름한 건물에 오사카에서 신문 제작용 인쇄기를 주문하여 들여놓았다. 훗날 주시경으로 이름을 바꾼 학생 주상호가 교정 업무를 맡았다. 영어로도 발행할 계획으로 언더우드 목사가 추천한 영어에 능통한 김규식은 사무원이 되었다.

1896년 4월 7일 조선 역사상 처음으로 많은 백성이 쉽게 볼 수 있도록 한글로 띄어쓰기한 '독닙신문'을 발행했다.

"송재, 최초 우리 한글 신문이 발행되다니 정말 기쁩니다. 송재가 아니었으면 감히 상상할 수 없는 일입니다."

"다들 함께 마음 모아준 덕분입니다."

재필도 첫 신문을 들고 들뜬 소리로 대답했다.

"우리 농민도 신문을 읽을 수 있게 되었다니."

"뭐라고 쓰여 있데요?"

글을 모르는 까막눈인 아내가 물었다.

"백성이 나라의 주인이다. 주인으로서의 책임을 가져야 한다고 쓰였어. 이 신문을 만들어 낸 서재필이라는 사람이 정말 대단한가 보네."

"나라의 주인은 고종 황제시잖아요? 근데 우리가 주인이라니요?"

신문을 본 남편과 부인이 나눈 대화처럼 나라 곳곳에서 이런 현상이 일어났다. 신문을 통해 조금씩 변화되어 가는 백성들을 보면서 재필은 더 다양한 지식과 정보를 제공하고자 여론을 조성하고 정치 개혁을 이룩하려고 밤낮없이 노력했다.

"모두 맞는 말이네."

"영감, 남편들은 아내를 종처럼 부린 것을 고치래요!"

신문을 본 아내들은 남편에게 큰소리를 쳤다. 얼마 전까지만 해도 상상도 못 할 말이었다.

"아, 알았다고요. 신문이 좋은 면도 있지만 여태 그렇게 살아온 남자들이 하루아침에 고칠 수 있을지 모르겠구먼. 허 참."

"어디 그뿐이겠슈. 이제 길가에서 똥오줌도 누지 말라잖아요. 남자들이 지켜야 할 규범이 자꾸 늘어나네요."

아낙네들은 얼굴에 웃음을 가득 담고 말했다.

"엥, 대소변을 길에 누지 말라고? 조금 불편하겠지만 길거리에 냄새가 풍기지 않고 깨끗해지겠구먼."

독립신문은 어느 사람 편도 들지 않고 공정하게 제작되었다.

그러니 각계각층의 호응을 널리 받으면서 방방곡곡에 읽히게 되었다.

일요일마다 열기로 했던 재필의 공개 강연회가 고종이 러시아 공사관에서 지내게 된 후 중단되었다. 그걸 안 아펜젤러 선교사는 자신이 세운 배재학당에서 강좌를 열도록 도와주었다.

"제이슨, 강연회를 하다가 강좌를 해도 괜찮겠어요?"

"장소가 어디든 내가 백성들에게 전하고자 한 강연을 학생들에게 할 수 있게 해주어 진심으로 고맙소."

재필은 배재학당 학생들에게 세계 지리와 역사 그리고 정치학을 가르쳤다.

"인간이란 모두 평등해야 합니다. 민주주의란 만민이 평등에서 시작됩니다."

재필의 열강을 들은 학생들은 어리둥절했다. 이때 한 학생이 조심스럽게 다가왔다.

"선생님, 귀한 것을 가르쳐 주셔서 감사합니다."

"고맙네. 자네 이름은?"

"저는 황해도 평산 출신 이승만입니다. 저는 영어를 배우기 위해 배재학당에 왔는데 선생님을 통해 더 중요한 것을 배웠습니다."

"그게 뭔가?"

"우리나라도 법으로 다스리는 나라가 되었으면 좋겠습니다."

'어라, 젊은 친구가 참 비범하네.'

재필은 이승만이라는 학생이 보통이 아님을 생각했다.

"그래, 좋은 나라를 만들기 위해 우리 함께 노력하세."

"예, 선생님."

이승만 학생은 공손히 대답했다. 이때 재필에게 가르침을 받은 이승만은 훗날 우리나라 초대 대통령이 되었다.

"미국 학교에서는 학생들끼리 토론하는 모임이 있는데 여러분도 만들어 볼 생각이 있으세요? 제가 도와줄게요."

재필은 강좌 시간에 학생들에게 물었다.

"와! 좋습니다. 어떻게 하는지 선생님께서 도와주신다니 해보겠습니다."

학생들이 협성회라는 모임을 만들자, 재필은 토론하도록 이끌어 주었다. 주입식 공부만 하던 학생들은 빙 둘러앉아 새로운 방식으로 자신들이 하고자 하는 말을 나누면서 잘 적응했다.

1896년 7월 18일, 한성부에서는 갑오개혁으로 인하여 갑신정변으로 역적으로 몰수되었던 재필의 재산을 다시 돌려주겠다는 지계사를 발급하고 그는 역적의 신분이 벗겨졌다.

그는 주변 나라는 물론이고 먼 나라까지 우리 조선을 넘보는 외국 세력들을 막기 위해서 뭉쳐야겠다는 생각으로 독립협회를 조직했다. 또한 청국 사신을 환영하는 영은문을 헐고 그 자리에 조선의 독립을 상징하는 독립문을 세우기로 했다. 그 소식을 들은 나라 곳곳에서 독립을 바라는 백성들의 자발적인 성금이 모아졌다. 독립문은 재필의 제안으로 프랑스 파리의 개선문과 비슷한 모양으로 설계되었다.

독립문을
세우다

무더위가 가마솥처럼 푹푹 찌는 한여름, 재필의 아내 뮤리엘이 제물포항에 도착했다. 그는 아내를 마중하러 제물포에 갔다. 헤어진 지 8개월 만이었다.

"뮤리엘, 홑몸도 아닌데 먼 길 오느라 고생했소."

"필립, 잘 지냈어요? 당신 만날 생각에 힘들지 않았어요."

뮤리엘이 남편 재필을 바라보며 다정한 눈빛으로 물었다.

"다행이구려. 뮤리엘, 낯선 곳에서 지내려면 각오를 단단히 해야 하오. 불편한 것이 있더라도 꾹 참으시오."

"당신의 조국 코리아에 오다니 꿈만 같아요. 필립도 미국에 올 때 그런 각오를 하셨어요? 당신이 곁에 있으니 걱정하지 않아요."

뮤리엘은 들뜬 소리로 대답했다.

두 사람은 제물포에서 작은 배를 타고 한강을 거슬러 오느라 아홉 시간 만에 서울에 도착했다. 재필은 출산이 가까운 만삭인 아내를 데리고 아펜젤러 목사 집으로 향했다.

뮤리엘은 서울에 도착한 지 한 달이 지난 뒤 딸을 낳았다.

"여보 고생했소. 아기 이름은 스테파니로 합시다."

재필은 웃음 가득한 얼굴로 아내를 바라보았다. 아기는 엄마 아빠를 반반씩 닮아서 얼핏 보면 동양인 같은데 엄마의 파란 눈을 쏙 닮아서인지 서양인처럼 보였다.

1897년 11월 20일, 붉은 단풍이 제자리를 찾아 떠나는 늦가을. 독립문이 완공되어 준공식이 열렸다. 단단한 화강암으로 만들어져 옹골찬 모습으로 앞과 뒤는 각각 한글과 한자로 새겨져 우뚝 섰다. 준공식에는 독립협회 회원들과 정부 대신들이 모두 참석했다. 아내 뮤리엘과 참석한 재필은 독립문을 바라보며 가슴이 뭉클했다. 곁에 있는 아내도 손수건을 꺼내 눈언저리의 물기를 닦았다. 큰 키에 파란 눈동자와 하얀 피부의 낯선 뮤리엘이 우는 모습을 사람들은 신기한 듯 쳐다보았다.

"뮤리엘, 울어요?"

재필은 그런 아내의 손을 가만히 잡으면서 속삭였다.

"감격스러워서요. 여보, 정말 대단한 일을 하셨어요."

재필은 단상에 올라 떨리는 목소리로 축사를 낭독했다.

"독립을 위하는 백성들의 마음이 하나로 뭉쳐서 독립문을 세웠습니다. 우리는 옛날 종노릇 하던 표적을 모두 없애 버렸습니다. 우리는 자주독립을 위하여 더욱더 있는 힘을 다해 노력해야 합니다. 우리 조선을 위하여 앞으로 나아갑시다."

"송재께서 앞장서지 않으셨다면 감히 상상도 못 할 일입니다. 역시 나라를 사랑하시는 송재를 따를 자 없을 겁니다. 대단하십니다."

그곳에 온 대신들도 독립을 상징하는 높다란 독립문을 쳐다보면서 재필을 추켜세웠다.

독립문 준공식이 있고 얼마 후 고종의 생모인 흥선 대원군 부대부인이 별세했다. 일본 낭인에게 시해된 명성황후의 국장이 두어 달밖에 되지 않은 때였다. 고종의 생모가 죽자 대원군은 몸져누웠다.

"소문에 의하면 한두 달도 넘기지 못할 것이라고 합니다."

고종 생모의 장례식에 취재를 나갔던 독립신문 기자가 다녀와 말했다.

"그게 사실인가? 서슬 퍼런 권력을 휘두르던 대원위 대감도 염라대왕 앞에서는 어쩔 수 없군."

재필은 대원위 대감을 떠올리며 말했다.

그즈음 학생들의 모임인 협성회가 입소문을 타기 시작하면서 일반인들도 참가하게 되어 토론장이 확대되었다.

"인제 스스로 일어날 때입니다."

"옳소!"

처음 참여한 일반인들은 재필의 강연을 마음속 깊이 감탄했다. 그의 뛰어난 지도력과 독립신문과 독립협회의 성장으로 민중운동은 더 발전되었다. 그의 강연회가 열리는 날이면 사람들이 구름 떼처럼 몰려들었다. 이를 지켜본 정부와 대신들은 달갑지 않았다.

"이완용 외부대신, 러시아 교관들을 초청하는 것을 서재필이 반대한다지요?"

어느 날 고종이 자신의 속내를 드러내고 물었다.

"예, 폐하……."

이완용은 말끝을 흐렸다.

"서재필은 황제의 권한을 제한할 법도 만들어야 한다던데, 황제를 우습게 여기다니. 정말 괘씸하도다!"

"……."

고종이 불같이 화를 내자 이완용은 아무 대답도 못 하고 쩔쩔맸다.

'서재필 때문에 이게 무슨 날벼락이야. 미국으로 쫓아버리든가 해야지. 원'

시간이 지날수록 재필의 지위가 차츰 넓어지자, 대신들과 관리들은 재필을 음모하고 미워하기 시작했다.

"뭐? 우리가 관직을 팔아 부자가 됐다고 쓰다니."

"맞는 말 했구먼, 뭘 그래?"

"아, 아니 이 양반이! 이대로 두고 볼 순 없겠소."

신문을 받아 본 관리와 대신들이 불쾌감을 드러냈지만, 한편에서는 재필을 응원했다.

봄인데도 코끝을 스치는 바람은 매우 차가웠다. 서울 종로에서 독립협회 주최로 만민 공동회가 처음 열렸다. 배재학당을 비롯하여 이화학당, 경성학당 학생들이 몰려오고 장사하는 사람, 농부, 좀처럼 바깥나들이를 하지 않던 여성들까지 구름떼처럼 몰려들었다.

'남이 부르지 않아도 자기 스스로 참여하다니.'

재필은 단상에 앉아 몰려오는 사람들을 보면서 온돌방 아랫목처럼 가슴이 펄펄 끓었다. 서울 북촌에 사는 양반집 여성들은 외출할 때 덮어쓰는 장옷을 벗어 던지고 나섰다.

"여자들도 교육받을 권리와 직업을 가지고 정치에 참여할 권리를 가져야 합니다."

여성들은 밥을 날라다 주고 밤샘 시위에도 동참했다. 배재학당과 경성학당 학생 중에서 목청이 우렁차고 말솜씨가 좋은 학생들이 연사로 나섰다. 첫 연사는 재필이 눈여겨보던 배재학당 이승만이었다.

"사랑하는 동포 여러분! 아라사의 횡포 때문에 지금 우리 조선은 독립 국가로서의 위상이 흔들리고 있습니다. 부산 앞바다에 있는 절영도를 자기 마음대로 활용하려 합니다. 남의 나라 섬을 빼앗는 것은 침략행위입니다."

"우리 섬을 빼앗으려는 아라사 놈들은 물러가라!"

"물러가라! 물러가라!"

청중은 이승만의 연설에 너도나도 구호처럼 외쳤다.

"러시아 고문들을 파면하고 한러 은행을 해체할 것을 강력히 요구합시다!"

연사들의 말에 청중은 손뼉 치면서 그들의 제의에 찬성했다. 만민 공동회는 이를 계기로 정부에 청원서를 제출했다. 청원서를 받아 본 고종과 수구파들은 재필이 부추겨 학당 학생들까지 합세하는 모습을 더는 두고 볼 수 없었다.

"정부가 하는 일에 감히 참견하고 청원서를 내다니. 이런 고약한지고."

고종은 몹시 역정을 냈다.

"서재필을 하루빨리 미국으로 내쫓아야 합니다."

재필에게 비친 조선의 모습은 여전히 비참했다. 갑신정변을 시도할 때와 조금도 달라지지 않았다. 황제를 비롯하여 고루한 인

식과 사대주의 근성은 여전하고 이권 침탈 야욕은 날이 갈수록
심했다.

새로운 세상에 대한
꿈은 물거품이 되고

재필이 민주주의를 이루기 위해 힘쓸수록 고종과 수구파, 러시아 공사의 미움은 날로 커졌다. 백성들은 남의 나라를 제멋대로 다스리는 러시아를 향해 반발하는 마음이 들불처럼 번졌다. 그에게 비친 조선의 모습은 여전히 비참했다. 갑신정변을 시도할 때와 조금도 달라지지 않았다. 황제를 비롯하여 고루한 인식과 사대주의 근성은 여전하고 이권 침탈 야욕은 날이 갈수록 심했다.

마침내 러시아 세력은 조선에서 발을 빼기 시작했다.

"우리들의 요구가 헛되지 않았구려."

"조정의 썩어빠진 대신들에게 나라를 맡겨서는 안 되니 이제 우리 손으로 이끌어 갑시다."

백성들의 여론이 들끓었다.

"이러다 민중 혁명이라도 일어나면 어떡하지?"

고종과 수구파들은 불안하고 걱정되어 독립협회를 반격하는 일을 꾸몄다. 재필은 그 낌새를 알아차리고 간부들과 대책을 논의했다.

"이런 때일수록 만민 공동회를 활성화합시다."

재필의 제안에 한 간부가 떨떠름한 표정을 지었다.

"우리 협회는 백성의 목소리를 대변하는 단체인데 이완용이 회장으로 있으니."

간부는 말을 끝맺지 못하고 얼버무렸다.

"무슨 말을 하려는지 나도 압니다. 국왕의 총애를 받는 고관대작이 회장 자리에 있으니 당연히 부담스럽지요. 하지만 그도 중간에 끼어 양쪽 눈치 살피느라 불편했을 것이오. 흠."

재필이 그간 걸렸던 마음을 내비쳤다. 간부들은 조용히 의논하여 이완용을 회장직에서 물러나게 하고 그 자리에 윤치호를 앉혔다.

어느 날 재필은 미국 공사 알렌이 만나자는 연락을 받고 공사관으로 갔다.

"안녕하세요."

"제이슨 씨, 어서 오세요. 이리 앉으시오."

알렌은 재필에게 자리를 권했다.

"네, 감사합니다."

"제이슨, 인제 미국으로 가시는 게 좋을 듯합니다. 이곳에 계속 있다가 무슨 화를 당할지 모릅니다. 한시바삐 가족을 데리고 미국으로 가는 게 좋겠소."

"뭐요? 러시아 세력이 설칠 때는 그들이 나를 죽이려 하더니 이제 미국이오?"

재필은 순간 얼굴이 바위처럼 굳어졌다.

"제이슨을 해치려는 게 아니고 보호하기 위함이요. 독립신문과 독립협회를 비방하는 자들이 당신이 쓴 관료 고발 논설 때문에 당신을 죽이려는 자들이 있단 말이오. 그러니 지체 말고 떠나시오."

"무슨 말인지 알겠소만 어째 나를 염려한 것이 아니라 추방하려는 것 같아서 기분이 좋지 않소. 당신이 이 일에 관여할 일이 아니오!"

재필은 알렌을 향해 날을 세웠다.

"폐하의 뜻도 나와 다를 바 없소. 곧 당신에게 주어진 모든 혜택이 없어질 것이오."

두 사람은 한 치의 양보도 없이 언성을 높였다.

"자자, 진정들 하세요."

곁에서 지켜본 사람이 두 사람을 말렸다.

"웬 참견이요!"

이번에는 알렌이 버럭 역정을 냈다.

"참견이라고요? 미국 사람끼리 잘 지내라고 하는 말인데."

"미국 사람? 지금 내가 사이비 미국인 때문에 골머리를 앓고 있는 것 안 보이시오!"

알렌이 고함을 지르며 탁자를 쾅 내리쳤다.

재필은 사이비 미국 사람이라는 말을 듣고 기가 막혔지만, 더는 언쟁을 벌이면 안 될 것 같아서 그곳을 빠져나왔다.

'조선에 남아야 하나, 미국으로 돌아가야 할는지.'

재필은 신문사로 돌아와 홀로 밤이 깊도록 고민에 빠졌다. 그러다가 주시경을 불렀다.

"한힌샘, 어서 오시게. 내게 다급한 일이 생겨서 의논코자 바쁜 사람을 오라고 했네."

"먼 그런 서운한 말씀을 하십니까? 선생님께서 부르시는데 모든 일을 제치고 와야지요."

"나보고 미국으로 돌아가라는데 자네 생각은 어떠신가?"

재필이 주시경을 빤히 보며 물었다.

"그 터무니없는 요구를 누가 했습니까? 지금 선생님께서 하시는 활동은 우리 조선의 미래를 위해 매우 중요합니다. 횃불 같으신 선생님께서 떠나시면 조선은 암흑에 빠집니다. 선생님, 절대로 안 됩니다."

"조정에서도 나를 싫어하는 자들이 들끓고 이권을 챙기려는 외국인들도 내가 떠나기를 바라는 눈치들이야. 요즘 몸의 위협을 여러 번 받았다네. 그러니 어쩌겠는가?"

"그들 때문에 떠나신다면 더더욱 안 됩니다. 선생님, 제발 용기를 내십시오."

주시경은 적극적으로 말렸다.

"하지만 계속 이곳에 머물다가 나는 물론이고 가족까지 화를 입을까 봐 두렵고 무섭네."

재필은 이미 가족을 잃은 경험이 있어서인지 걱정이 앞섰다.

"설마 그런 일이 일어나겠습니까?"

"조정에서는 내가 하는 일을 모두 못하게 막을 게 불 보듯 뻔하네."

"그럼, 병원을 열면 되지 않을는지요."

주시경은 재필이 떠날까 봐 몹시 걱정되어서 계속 방안을 내놓았다.

"나도 그런 생각을 왜 하지 않았겠는가. 제대로 치료받지 못한 백성들을 내 손으로 고칠 수 있다면 얼마나 좋겠는가. 그러면 가족과 생활하는데 불편하지 않을 텐데, 독립신문을 계속 이끌어가면 조정과 관료들이 가만두지 않을 테지."

재필의 말에 주시경도 더는 말을 잇지 못했다. 뾰족한 방안을 찾지 못하는 사이 정부에서 재필에게 추밀원 고문직 해임 통지서를 보냈다. 그의 직감이 맞았다.

'나를 해임하는 것은 물론이고, 추방령 통지서까지 보내다니.'

그가 고문 자리에서 해임되었다는 소식을 안 독립협회 회원들은 큰 충격에 빠졌다.

"이게 무슨 맑은 하늘에 날벼락인가. 선생이 앞서서 나선 덕분에 러시아의 야욕을 물리친 것인데. 이러다 정말 미국으로 돌아가시면 어떡하죠."

"그러면 큰일 아닌가. 선생이 계시지 않으면 우리 협회는 더는 앞으로 나가지 못할 것이오."

"이대로 있을 순 없소. 선생님께서 다시 일을 할 수 있도록 우리가 힘을 모아 싸웁시다."

독립협회 회원들은 남대문 밖에서 집회를 열었다.

"여러분, 우리의 지도자 서재필 선생님께서 곧 떠난다고 합니다. 정부가 추밀원 고문직에서 해임했기 때문입니다. 선생님께서 떠나게 그냥 있을 순 없습니다."

이승만이 연단에 올라 청중들을 향해 외쳤다.

"그럴 순 없소!"

"떠나게 해서는 안 됩니다."

청중들은 분노에 찬 목소리로 외쳤다. 집회를 마친 독립협회 회원들은 정부에 청원서를 냈지만, 아무 소용이 없었다.

"허허, 서재필이 민중을 꼬드겨 소동을 일으켰을 것이오."

"갈수록 독립신문과 독립협회가 골칫거리가 되고 있으니 무슨 방도를 취해야지 않겠소. 더구나 독립신문을 우편국에서 싼값으로 배달해 준다면서요?"

"그런 혜택을 중지시켜야겠어요."

재필을 미워하던 내각들은 너도나도 그를 비방했다.

훗날을 기약하려

산과 들에는 봄꽃이 피었는데 재필의 마음은 눈보라가 몰아치는 한겨울이었다. 가슴이 짓눌리고 답답하여 정동교회 쪽으로 걸음을 옮겼다. 노을빛이 가득한 벧엘 예배당에 무릎을 꿇고 깊은 생각에 잠겼다.

'독립을 위협하는 걸림돌을 헤치고 나가기가 너무 버겁다.'

그가 예배당을 나서다가 입구에서 아펜젤러 목사와 마주쳤다.

"제이슨, 얼굴빛이 좋지 않군요. 무슨 일 있어요?"

"그리 보여요? 세상을 변화시키기가 쉽지 않군요."

"아무나 할 수 없는 큰일을 하시니 무리가 따를 겁니다. 힘내세요."

목사와 헤어져 복잡한 머릿속을 정리할 겸 어둠이 깔린 배재학당으로 가는 언덕길을 서서히 올랐다.

'어, 누가 날 뒤쫓아 오는 거지?'

그는 힐끔 뒤를 돌아보고 빠른 걸음으로 배재학당으로 들어갔다. 뒤따른 무리도 그의 뒤를 따랐다. 밤 기운이 서린 운동장과 학교 안은 조용하고 쓸쓸했다. 그때였다.

"서재필!"

거칠고 굵다란 목소리가 어둠을 흔들었다. 대답도 하기 전에 덩치 큰 그림자들이 그를 에워쌌다. 그들은 얼굴을 두건으로 가리고 있었다.

"누구시오?"

재필은 움찔했지만 이내 상대방의 공격을 막으려는 자세를 취하면서 묵직한 소리로 물었다.

"우리가 누군지 알 것 없고, 하루빨리 이 땅을 떠나시오."

처음 그를 불렀던 사내가 말했다.

"뭐라고? 비겁한 놈들! 얼마나 떳떳하지 못하면 얼굴을 가리고 이딴 짓을 한단 말인가. 내 조국을 안 떠난다. 이놈들아!"

재필이 학교가 울릴 만큼 호통을 쳤다.

"그럼, 먹을 따줄까?"

무리 중 덩치가 작은 사내가 이죽거리며 칼끝을 목에 갖다 댔다. 매사에 담대한 그인데도 섬뜩하고 소름이 돋았다.

"비열한 놈들!"

재필은 숨을 헐떡이며 그들을 노려봤다. 그 순간 사내의 팔이 번쩍 치솟았다.

"으윽!"

재필은 외마디 소리를 지르면서 왼쪽 옆구리를 움켜쥐고 땅바닥으로 고꾸라졌다.

"오늘은 이 정도로 끝내지만, 보름 안에 꺼지지 않으면 그때는 숨통이 끊길 거야!"

덩치 큰 사내는 재필의 머리를 사정없이 걷어찼다. 재필은 그만 정신을 잃고 말았다.

"퉤퉤!"

그들은 피를 흘리는 재필을 그대로 두고 침을 뱉으며 사라졌다. 희끄무레한 어둠 속에 빛이 보이더니 누군가 다가와 쓰러진 재필을 부축했다.

"여보. 정신 차리세요,"

"여, 여기가 어디요?"

재필이 가느다란 소리로 물었다.

"어젯밤 어떤 여자와 남자가 당신을 모셔 왔어요. 어떻게 된 거예요?"

아내 뮤리엘이 퀭한 눈으로 걱정스럽게 물었다.

"별일 아니오. 어두운 곳에서 발을 헛디뎌 옆구리를 조금 다쳤을 뿐이요."

"어쩌다 그러셨어요? 매사에 신중하신 분이. 그분들이 아니었으면 큰일 날뻔했어요."

"이제 괜찮으니 걱정하지 마오."

재필은 아내를 안심시켰다. 상처를 잘 치료한 것으로 보아 전문가 솜씨였다.

"혹시 나를 데려온 사람들 기억하오?"

"이상하게도 여성분은 수건으로 얼굴을 가려서 알 수 없었어요. 남자는 가마꾼 같고요. 조선 여성들은 다들 비슷하여 누가 누군지 잘 모르겠지만."

"그럼 이름이라도 물어보지, 그랬소."

"그러잖아도……."

그는 아내 말을 들으면서 정신이 흐려졌다. 재필은 배재학당에서 있었던 일을 입 밖에 내지 않았다. 그는 며칠 동안 자리에 누워서 일어나지 못했다.

"선생님, 어디 편찮으신지요?"

그가 며칠째 신문사에 나오지 않자, 간부가 연락했다.

"네, 지독한 감기 때문에 나가지 못하고 있소."

재필은 핑계를 댔다. 눈만 감으면 그날이 떠올랐다. 상처가 어느 정도 아물어 침대에서 일어났다.

"이제 좀 괜찮으신가요? 다친 상처 말이에요? 아무래도 칼에 찔린 것 같던데……."

아내는 몹시 지친 얼굴빛으로 뭔가 눈치챈 듯 물었다.

"이젠 다 나은 것 같으오. 간호하느라 수고했소. 당신이 눈치채듯이 나를 마음에 들어 하지 않은 자들이 내가 미국으로 돌아가기를 바라오."

재필은 아내 손을 잡으며 눈만 끔벅거리다가 불현듯 사실을 말해야겠다는 생각이 들었다.

"그들에게 정말 테러 당하셨다고요? 우리 하루빨리 미국으로 돌아갑시다. 코리아 독립을 위해서 할 만큼 하셨잖아요. 나쁜 사람들!"

아내 목소리에 화가 잔뜩 묻었다.

재필도 조국의 독립도 중요하지만, 생명의 위협까지 느끼면서더는 조선에 머물기 싫었다. 갑신정변 이후 가족이 몰살되는 처참하고 끔찍한 걸 겪었던 그는 아내와 딸이 걱정되었다.

"고약한 놈들이 좋아하는 꼴을 보기 싫지만. 생각을 깊게 해보리다."

재필은 상처에 붕대를 칭칭 감고 신문사로 출근했다.

"선생님, 얼굴빛이 안 좋습니다. 감기를 심하게 앓으셨나 봅니다."

주시경이 걱정스러운 얼굴로 물었다.

"조금 지나면 괜찮을 걸세."

그는 씩씩하게 대답하고 의자 깊숙이 앉아 머리를 뒤로 젖히고 눈을 질끈 감았다.

"손탁 사장님께서 종업원을 몇 차례 보내서 선생님 안부를 묻고 출근하시면 연락 달라고 당부하셨어요."

"그래? 급한 일이 있었는가."

그는 욱신거리는 옆구리를 지그시 누르고 정동 구락부로 갔다.

"필립! 어떻게 된 일이오? 긴히 드릴 말씀이 있으니……."

손탁은 재필을 보자마자 너무 놀라며 눈이 붉어졌다.

"허허, 눈물까지 보이고, 왜 그러시오?"

재필은 태연하게 말하고 손탁의 뒤를 따라 별실로 들어가 둥그런 테이블에 놓인 의자에 앉았다. 손탁은 커피를 손수 들고 왔다.

"어렵게 구한 커피예요, 뜨거우니 천천히 드세요."

재필은 따뜻한 커피잔을 들고 향기를 맡았다.

"며칠 전 손님들이 나누는 대화를 얼핏 들었는데 필립에 관한 험담이더군요."

"험담이야 늘 듣잖소. 그게 뭐 대수라고 눈물까지 보이시오?"

"이번에는 이상한 느낌이 들었어요. 인상이 험악하고 쑥덕거리는 모양새가 섬뜩했어요. 누군가 필립의 목숨을 노린다는 소문이 나돌았잖아요."

"하하, 별걱정을 다 하셨구려. 나는 죽을 고비를 몇 번이나 넘기고도 아직 살았으니 염려 마시오."

재필은 과장되게 웃으면서 손탁을 안심시켰다.

재필은 상처가 아물어 갈 무렵 일찍 퇴근하여 집으로 갔다. 아내는 반겨주기는커녕 눈에 눈물이 그렁그렁했다.

"뮤리엘, 무슨 일이오?"

"이것 보세요. 어머니께서 위독하시다네요. 흑흑"

아내는 미국에서 온 전보를 내밀었다.

"장모님은 무척 건강하신 분인데, 이상하오?"

재필이 전보를 읽으면서 고개를 갸우뚱했다.

"어머니도 이제 연세가 있잖아요. 우리 당장 미국으로 가십시다."

한창 조선의 생활에 적응해 가던 아내는 단호하게 말했다.

그는 아내의 말을 들으면서 머릿속에서는 미국으로 갈까 말까를 놓고 고민이 깊어졌다. 새벽녘까지 잠자리에 들지 못한 그는 결국 미국으로 무게중심이 쏠렸다.

'어쩌면 미국으로 돌아가라는 하늘의 뜻이라며. 아, 모든 걸 멈추고 이대로 떠나야 한다니 훗날을 기약하는 수밖에.'

"떠나시는 걸 다시 생각해 주십시오."

사실을 안 독립협회와 만민 공동회 동지들의 안타까운 호소는 재필의 가슴을 저리게 했다. 그는 당장 미국으로 돌아가야 한다는 마음이 몹시 무거웠다. 아무리 주변에서 말린다 해도 이미 내려진 결정은 되돌릴 수 없었다.

1898년 5월, 재필은 귀국한 지 2년 반 만에 둘째를 임신 중인 아내 뮤리엘과 큰딸과 함께 미국으로 가는 날이었다.

"우리 역사상 처음 얻은 인민의 권리를 남에게 약탈당하지 말라. 그나마 독립신문을 일본에 넘기지 않고 윤치호에게 맡겨서 다행인데 나를 미워하는 사람들 때문에 일을 더 하지 못하고 떠나다니. 너무너무 가슴이 아픕니다."

그는 용산 부두에서 목이 메 끝내 고별사를 다 마치지 못했다.

갑신정변 실패 뒤 조선을 떠날 때는 배에 숨어 탔으나 이번에는 용산 부두에서 동지들의 전송을 받으며 배에 올랐다. 그는 언제 다시 볼 수 있을지 기약 없는 조국 산하를 하염없이 바라보며 마음을 쏟았던 개혁이 헛되이 그치고 만 것 같아 다시 미국으로 돌아가는 걸음이 몹시 무거웠다.

독립운동에서
생활의 터전으로

서른네 살인 재필은 조선에서 미국으로 돌아가 힐맨 아카데미 후배와 함께 문구점을 열고 장사를 시작했다. 그는 필라델피아에서 분점을 관리하게 되었다.

어느 봄날, 문구점에 한국인 두 사람이 찾아왔다.

"서재필 선생님!"

"어, 이승만 아닌가!"

재필은 이승만을 반갑게 맞았다.

"지난번에 보내주신 편지는 잘 보았습니다."

"많이 걱정했는데 감옥에서 풀려나서 정말 기쁘네."

"감사합니다. 여기는……."

재필은 이승만이 곁에 있는 사람을 쳐다봤다.

"선생님, 처음 뵙겠습니다. 저는 윤병구 목사입니다."

그가 고개를 숙이며 인사했다.

"만나서 반가워요."

재필이 손을 내밀어 악수를 청했다.

"그런데 이곳에는 어쩐 일로……?"

재필이 궁금한 얼굴로 물었다.

"우리는 루스벨트 대통령을 뵙고 1882년 맺은 한미 조약에 따라 조선의 독립을 호소하기 위해 왔습니다."

윤병구 목사가 대답했다.

"잘 왔어요."

"미국 대통령에게 올릴 청원서를 작성해야 하는데 선생님께서 도와주십시오."

"예, 해줄게요. 우리 조선을 위한 일이니."

재필은 흔쾌히 승낙하고 영문으로 청원서를 작성했다. 그를 계기로 미국에서 독립운동이 시작되었다.

1910년 한일합방이 되고 1919년 3·1운동이 일어나면서 더욱 힘차게 벌어졌다.

"대한독립 만세! 만세!"

조선의 방방곡곡에서 만세 소리가 울려 퍼졌다. 한편 태평양 건너 미국 필라델피아 시내에 있는 극장에서 한인 연합대회가 열렸다. 미국 각 지역의 한인 대표들과 유학생들이 참석했다. 모두가 일본이 강점한 조선의 독립을 위해 뜻을 세우고 마음을 굳게 다졌다.

"여러분, 조선의 독립을 위하여 우리가 힘을 합할 때입니다."

대회 의장직을 맡은 재필이 힘껏 외쳤다. 이승만과 참석자들은 감격과 흥분하여 필라델피아 시내 큰 거리를 줄지어 걸었다. 그 모습을 본 미국 시민들은 손뼉을 치면서 격려했다.

"대한독립 만세! 만세!"

그들은 자유의 종 앞에서 조국의 독립을 다짐하고 자유의 종을 쳤다.

"뎅그렁, 뎅그렁!"

거리에 종소리가 울려 퍼졌다. 사람들은 경건하게 손을 모았다.

재필은 뛰어난 영어 실력과 풍부한 경험으로 항상 앞장서서 활동하면서 미국 정부와 국민을 상대로 간행물을 통하여 조선의 독립운동을 알렸다.

"필립은 나라를 위해 태어난 사람이 분명하지요. 영어도 꼭 미국 사람처럼 하고. 정말 대단해요."

"서재필 선생님께서는 나라를 위해서라면 물불을 가리지 않고 몸을 사리지 않으니. 참으로 큰 인물임이 틀림없습니다."

한인들과 유학생들은 재필을 볼 때마다 놀랐다. 재필은 조선에서 돌아와 후배와 했던 문구점을 '필립 제이슨 상회'로 단독으로 설립하고, 문구점과 인쇄소 사업을 했다. 날이 갈수록 번창하여 몇 년 후에는 종업원이 50명이나 되는 큰 사업체가 되었다.

조선에서 독립운동이 한창일 때 미국에서 재필도 물불을 가리지 않고 몸을 던져 독립운동에 참여했다.

"필립 사장님은 사업 수완도 뛰어나십니다."

"조선에서는 저런 분을 내쫓았으니……."

그런 말을 들어도 재필은 묵묵히 자신이 할 일만 했다.

"여보, 아무래도 병원에 가봐야겠어요. 독립운동도 건강해야 하지 않겠어요?"

"내 몸은 내가 알아요. 걱정하지 마오."

날이 갈수록 핼쑥해지는 남편의 얼굴을 대하던 아내 뮤리엘의 성화에 못 이겨 병원에 갔다.

"미스터 제이슨, 과로하셨군요. 건강이 몹시 나쁜데 오랫동안 쉬지 않으면 안 돼요."

"그, 그 정도입니까? 잘 알겠습니다."

재필도 당황하여 물었다. 모아 둔 돈은 대부분 독립 자금으로 써버리고 바닥난 상태였다.

"가족을 부양하려면 일을 해야 하는데 쉬라니. 그깟 돈은 또 벌면 되는데 몸이 망가졌다니. 후유!"

재필은 병원을 나와 벽에 몸을 기대고 숨을 몰아쉬었다. 망명으로 혈혈단신 미국에 처음 왔을 때도 이처럼 막막하지 않았다. 독립운동하면서 쓴 돈이 8만여 달러나 되었다. 그의 재산은 대부분 소진되었고 남은 거라고는 집 한 채뿐이었다. 그 집도 은행에 넘어갈 처지에서 이름을 밝히지 않은 이들의 도움으로 위기를 넘겼다. 독립운동하느라 사업도 소홀하여 회사까지 남의 손에 넘겨버렸으니, 살길이 막막했다.

'너무 조국만 위해서 살았는가…… 나의 희생과 헌신은 결코 작은 일이 아니었고 조국 조선의 장래를 위한 귀중한 초석이 되었으니, 이쯤에서 참여를 중지해야겠다.'

재필은 더는 독립운동에 관하여 공식으로 참가하지 않기로 작정했다. 그는 자신이 잘할 수 있는 일이 무엇인지 고민했다. 고민 끝에 예순둘의 나이에 필라델피아 시내에 있는 펜실베이니아 대학 의학부에 특별 학생으로 등록했다. 당시 환갑이면 은퇴할 나이지만 진취적이며 적극적인 그는 세균학과 병리학, 면역학과 비뇨학을 공부했다.

"여보 다녀왔어요."

"어서 오세요."

학교에서 돌아온 재필을 아내 뮤리엘은 늘 반갑게 맞았다.

"배가 고픈 데 저녁은 준비됐소?"

"그게 저…… 돈이 없어서 빵을 사지 못했어요."

부인은 자신의 잘못 인양 작은 소리로 대답했다.

"내가 독립운동을 한 결과로 가족을 굶게 하다니…… 정말 미안하오."

재필은 아내와 눈을 마주치지 못했다.

"저는 견딜 수 있지만 저 애들까지 굶기는 것이 너무 가슴 아파요."

"저, 정말 미안하오. 나는 조국에 보낼 글이나 써야겠소."

재필은 더는 아내와 마주할 수 없어서 글을 쓴다는 핑계로 서둘러 서재로 들어갔다. 저축한 것도 수입도 없는 재필은 가정 형편이 무척이나 어려웠다. 빵을 사지 못하여 굶은 날이 늘었다. 어른보다 성장기 두 딸을 걱정하는 아내의 말이 송곳처럼 마음에 콕콕 박혔다. 그 와중에도 조국에 대한 글을 계속 써 잡지를 통해 조선 백성들을 깨우쳤다.

미국 병원에서 피부과 과장으로 근무하다가 개인 병원을 개업했다. 틈틈이 미군 병역판정 검사 의무관으로 자원봉사를 했다. 그 공로를 인정받아 다섯 차례나 미국 대통령 표창을 받고 미국 의회가 주는 공로 훈장을 받았다.

태평양 전쟁 발발 직전인 어느 여름날 저녁 무렵 아내 뮤리엘이 남편을 불렀다.

"여보, 우리 산책하러 나가요."

"그럽시다."

그는 아내와 나란히 자전거를 타고 집 주변으로 산책하러 나갔다. 그런데 갑자기 아내 뮤리엘이 쓰러졌다. 급히 병원으로 옮겨져 응급치료받았지만, 아내는 다시 눈을 뜨지 못했다. 재필은 너무너무 허망했다.

"뮤리엘, 나를 만나서 힘들었으니 이제 편히 쉬구려."

낯선 동양인과 결혼하여 온갖 고생을 마다하지 않고 남편을 도왔던 반려자이자 동지였던 아내에게 진심으로 미안하고 고마웠다. 아내가 떠난 후 재필은 독신인 둘째 딸 뮤리엘과 살았다.

"아버지, 산책하러 나가요."

딸은 엄마가 타던 자전거를 끌고 나왔다.

"뮤리엘, 너의 이름을 엄마와 똑같이 짓기를 참 잘했어."

재필은 다정한 눈빛으로 딸을 보면서 말했다.

"저도 좋아요."

그의 산책길 동무는 아내 대신 딸로 바뀌었다.

여든한 살이 된 그는 펜실베이니아 미디어에서 작은 병원을 개업하여 운영하고 있었다. 자나 깨나 조국의 독립을 걱정하던 그의 바람이 현실이 되었다. 1945년 8월 15일 일본이 항복했다.

"오! 드디어 내 조국이 해방되었구나. 대한독립 만세!"

재필은 두 팔을 높이 쳐들고 외쳤다.

해외에서 독립운동하던 사람들은 해방된 조국에서 일하기 위해 모두 돌아갔다. 그러나 그는 움직이지 않고 그대로 미국에 남았다.

"이젠 늙었으니 내 할 일은 다했어. 나라를 사랑하는 젊은이들이 잘할 거야. 암, 그렇고말고."

그는 해방된 조국을 위해 맘껏 일하고픈 마음을 다음 세대들이 잘해주리라 생각했다. 하지만 그의 바람만큼 나라가 평온하지 못했다. 일본으로부터 해방되었지만, 신탁통치 문제로 분열되어 날이 갈수록 정치권은 더욱 혼란스러웠다. 서울 중앙청에는 일장기가 내려지고 대신 성조기가 걸렸다. 그러는 사이 이승만과 미 군정 당국이 마찰을 빚었다.

"어떻게 이루어 낸 광복인데. 흠."

재필은 조국 소식을 들을 때마다 마음이 너무 아팠다. 그즈음 사람들은 그를 서재필 박사라는 호칭을 쓰기 시작했다.

이때 대한민국 임시 정부 부주석 김규식은 재필의 애국심과 인품을 누구보다 잘 알기에 어려운 정치 혼란을 수습할 수 있는 사람은 서재필 박사라고 믿었다. 그를 국내로 모셔 오기로 추진하면서 조선 주둔군 미 사령관 존 하지 장군에게 부탁했다.

"지금 우리나라 현실을 바로잡을 수 있는 사람은 서재필 박사

뿐이오. 어떤 수를 써서라고 그분을 모셔 와야 합니다. 꼭 부탁드립니다."

"잘 알겠습니다."

하지 장군의 연락을 받은 미국 국무성 관계자는 필라델피아에 살고 있는 서재필 박사 자택을 방문하여 사정을 설명하고 귀국을 종용했다. 하지만 그는 건강과 한국 정치에 아무런 야심이 없다는 심경을 밝혔다. 국무성 관계자는 하지 장군에게 서 박사의 말을 전달했다. 결국 하지 장군은 업무차 워싱턴에 가서 필라델피아 자택으로 재필 박사를 직접 만나러 갔다.

"모두 제이슨을 기다립니다. 제이슨이 원하는 것이 무엇입니까? 그가 원하는 건 다 들어주겠소."

그의 마음을 돌리려 하지 장군이 애써 물었다.

"나는 나이도 많고 어떤 지위, 명예도 원치도 바라지도 않소. 단 나의 유일한 관심은 국민 교육에 있소. 한국 사람들이 나를 원하고 내가 감으로써 나의 사랑하는 조국 국민을 위한 자유와 독립과 번영으로 인도하는 데 조금이라도 도움이 된다면, 난 주저 없이 가겠소!"

"역시 나라를 생각하시는 분은 다르십니다. 국민이 제이슨이 오시길 손꼽아 기다리고 있습니다."

하지 장군은 재필의 마음을 김규식에게 전달했다. 그는 입법의

원회의에서 서재필에 대한 사실을 발표했다. 서재필은 미 군정의 최고 고문 및 과도정부 특별 의정관의 자격이 주어졌다.

"일본 통치 36년 동안 조선은 어떻게 변했을까? 처절하게 수탈을 당한 조선 땅은 어찌 되었을까. 뮤리엘이 곁에 있다면 조국으로 돌아가라고 할까?"

재필은 하지 장군을 만나고부터 가슴이 뛰기 시작했다. 무엇보다 조국이 몹시 궁금해지고 아내 생각이 간절했다.

반세기 만에
밝은 고국 땅

1947년 봄, 서재필은 고국으로 돌아가는 배를 타기 위해 둘째 딸 뮤리엘과 샌프란시스코로 향했다. 갑신정변을 실패한 뒤 미국으로 망명할 때 처음 밟았던 미국 땅이었다. 그러나 배를 타기 직전 건강이 나빠져 다시 필라델피아 집으로 돌아갔다.

그는 몇 개월 만에 몸을 추슬러 해방된 조국의 앞날을 위해서 다시 샌프란시스코에서 조국으로 향하는 배에 올랐다.

"아버지, 계단이 가파릅니다. 조심하세요."

마침 함께 한 둘째 딸 뮤리엘이 팔짱을 끼며 말했다.

"알았다."

1947년 7월, 서재필 박사는 49년 만에 미 군정청 최고 고문 겸 과도정부 특별 의정관 자격으로 인천항에 도착했다. 그곳에는 각계 대표와 국내외 기자단과 친척들 등 수많은 군중이 환영을 나왔다.

"우리의 지도자 서재필 선생, 만세, 만세!"

"와, 아아!"

"짝짝짝!"

그를 환영하는 군중의 만세와 박수 소리는 부두가 떠나갈 정도였다.

"아버지, 환영 나온 사람들이 정말 많아요. 코리아 사람들이 아버지를 진심으로 사랑하는가 가봅니다."

딸은 환영 인파를 보면서 아버지에게 속삭였다.

"저들의 바람처럼 나라가 잘 안정되도록 해야 할 텐데……."

그는 막중한 책임을 느꼈다.

새파랗던 청년 재필은 80대 노인이 되어 딸의 부축을 받으며 꿈에 그리던 조국 땅에 발을 내디뎠다. 그때 양복을 말쑥하게 차려입은 중년 남자가 다가왔다. 그는 재빨리 붉은 장미 화환을 서재필 박사 목에 걸어 주었다.

"선생님, 조국에 오심을 환영합니다."

"고맙소."

재필은 그를 바라보면 미소를 지었다.

"선생님, 오십여 년 전 크리스마스 아침 여기 오신 적 기억하십니까?"

"맞아요. 근데 그걸 어떻게?"

재필은 남자를 바라보며 의아한 눈빛으로 물었다.

"그때 만난 소년을 기억하시는지요?"

"소년?"

재필은 고개를 갸우뚱했다.

"여관에서 일하던 작은 사내아이 말입니다. 그 아이에게 크리스마스 선물로 카드를 주셨는데……."

남자는 재필을 바라보면 말을 흘렸다.

"아! 그래, 그래. 청일 전쟁으로 부모가 돌아가셨다던 그 소년 기억나요."

"맞습니다. 그 아이가 바로 접니다. 선생님!"

"허허, 그게 정말이오? 반갑소."

재필은 웃으면서 손을 내밀었다.

"선생님께서 용기를 주셔서 지금껏 희망을 잃지 않고 꿋꿋하게 살았습니다. 저는 배재학당을 나와 학교에서 아이들을 가르치는 선생님을 하다가 얼마 전 정년퇴직했습니다. 제가 잘 살 수 있었던 건 모두 선생님 덕분입니다. 선생님께서 오신다는 소식에 달려왔습니다."

"고국에 오자마자 기쁜 소식을 주시어 고맙소. 우리 다시 만나서 그동안 지나온 이야기를 나누도록 합니다. 꼭 찾아오시오."

재필은 피붙이를 만난 듯 남자의 손을 맞잡고 다독였다.

"꼭 찾아뵙도록 하겠습니다."

남자는 얼굴 가득 미소를 지으며 대답했다.

재필은 하얀 머리를 휘날리며 마중 나온 사람들 쪽으로 걸어갔다.

"선생님, 귀국을 환영합니다."

주요 인사들 한 사람 한 사람과 차례로 악수했다. 몰려든 시민 중에는 손수건을 꺼내 눈물을 닦기도 했다. 부두뿐만 아니라 인천에서 서울로 가는 길에도 많은 사람이 나와 서재필 박사를 환호하며 뜨겁게 환영했다.

"서재필 박사 만세, 만세!"

"와, 아아!"

재필은 간간이 차창 밖으로 손을 내밀어 흔들면서 답례했다.

'나를 열렬히 환영 주다니. 이게 내 조국이야.'

그는 그동안 겪었던 수많은 일이 주마등처럼 스치자, 눈시울이 붉어졌다. 서 박사와 자동차에 함께 탄 여운형과 김규식은 서울로 이동하면서 앞으로의 대책을 논의했다.

"선생님, 너무 염려 마십시오, 좌파와 우파가 하나로 뭉치기로 다짐하고 종교 단체와 노동 단체도 곧 합류할 겁니다."

김규식이 국내 사정을 알려주었다.

서울에 도착하자 기자회견이 열렸다. 서재필 박사는 많은 나이임에도 꼿꼿한 자세로 회견장에 들어섰다. 연단에 올라 기자들 질문에 귀국 소감을 말했다.

"제가 떠난 지 49년 만에 해방이 된 조국에 돌아와 기쁨이 매우 큽니다. 반백 년이 흐른 지금 조선의 민주주의 발전을 돕기 위해 최선을 다하겠습니다."

그는 가슴이 벅차서인지 말이 조금 떨렸다.

"선생님의 임무는 무엇인지 말씀해 주십시오."

"저는 미국 정부의 특별 고문 자격으로 왔습니다. 내 임무는 조선과 미국 두 나라에 대해 도움이 되고자 거드는 겁니다."

"선생님께서는 한국에 얼마 동안 머무실 예정입니까?"

"6개월 예정입니다. 그 후라도 할 일이 있다면 더 있어야겠지요."

"이 기간에 한국이 완전 독립 국가로 탄생할 것으로 보십니까?"

기자가 예리한 질문을 던졌다.

"딱 잘라서 말하기 어렵군요. 지금 조선은 비누 한 장도 제대로 만들지 못하잖아요? 그러니 완전한 독립적 국가 업무 수행이 가능할지 걱정입니다."

서 박사는 조선의 현 상황을 서슴없이 말했다.

며칠 후 서재필 박사 귀국 환영 준비위원회 주최로 서울 운동장에서 환영대회가 크게 열렸다. 각 시도 단체, 회사, 공장, 관공서, 학생 등 그곳에 모인 사람들은 조국의 개혁과 독립을 위해 평생을 바친 서재필 박사의 공적을 찬양하며 진정으로 감사했다.

"저는 미국 시민권자입니다. 저는 정치적 욕심이 있어서 이곳에 온 게 아닙니다. 오직 내 조국 조선의 독립과 민주주의를 이루는 데 도움이 되고자 왔음을 분명히 밝힙니다."

재필의 인사말이 끝나자마자 그를 향해 한 노인이 땅바닥에 무릎을 꿇고 큰절을 올렸다. 재필은 몹시 난감했다. 순간 노인은 일어나 큰 소리로 외쳤다.

"독립협회 집회 때 선생님 연설을 듣고 감동한 사람입니다. 나라의 힘을 키워야 한다고 외치던 선생님의 그 쩌렁쩌렁한 목소리가 지금도 귀에 생생합니다. 다시는 못 뵌 줄 알았던 선생님을 다시 뵙게 되어 감격스럽습니다. 부디 건강하게 오래오래 사십시오."

"기억해 주셔서 감사합니다."

재필은 다가가 노인과 손을 맞잡았다.

그를 환영하는 다과회가 창덕궁 비원에서 열렸다.

"서 박사님, 인기가 대단하십니다."

"아, 이승만 박사! 오랜만이오."

"귀국하신 날 인천항에 갔었는데 환영하는 사람들이 굉장하더군요."

"어, 그런데 어째서 이 박사를 못 봤었지요?"

그는 궁금한 얼굴로 물었다.

"사람들이 떠드는 것이 싫어서 서울로 곧장 돌아왔어요. 저는 바빠서 이만 실례하겠습니다."

이승만은 정중히 인사했다.

"그래요."

서 박사는 짧게 대답했다.

마음을 묻고
다시 떠난 조국

서 박사는 조선호텔에 머물면서 미 군정 관계자들에게 조선
의 여러 상황에 대해 조언하면서 한 시간도 허투루 쓰지 않았다.

"아버지, 그러시다 건강을 해칠까 걱정입니다."

비서인 딸 뮤리엘이 걱정스러운 표정으로 말했다.

"딸아, 네가 걱정하는 일은 없을 거야. 약속한 시일 안에 일을
마쳐야 하니 어쩔 수 없구나."

그는 매일 오전 2시간, 오후 3시간 동안 사무를 보고 라디오 방
송에 출연하여 연설했다. 그중 매주 금요일 오후 7시, 서울 중앙방
송국에서 '민족의 시간'이라는 프로그램에 출연했다. 그 외 시간
에는 사람들을 만나고 강연을 다니면서 활발히 활동했다.

재필은 귀국 초기에는 한국어가 서툴러 영어로 연설하면 적십

자 병원 손금성 원장이 통역해 주었다. 그러다가 6개월이 지나 우리 말이 익숙해진 그는 한국어로 말했다.

"선생님, 이번 집회가 열리는데 연설을 해주십시오."

"나는 정치와 관련된 집회에서는 연설하지 않소. 체육단체나 학교에서 초청하면 기꺼이 응하겠소."

그는 한마디로 거절했다. 그 말을 들은 대한 체육회와 학교에서는 그를 초청하는 횟수가 많아졌다.

재필이 서울에 온 지 몇 달 후, 미 군정이 관리하는 서울시는 독립문 건립 50주년을 맞아 '독립문 건립 봉헌식 50주년' 기념식을 거행했다. 이 행사에 독립문 건립의 주역 서재필을 초청했다.

"지금으로부터 50년 전 나는 지금 서 있는 이 자리에 우리 조선 사람의 자유와 독립을 위하여 이 문을 바쳤습니다. 반세기 후 내가 이 자리에 다시 돌아와서 이 성전에 참석하게 된 것을 기쁘게 생각합니다. 여러분께 이 문이 왜 건축이 되었으며 어떻게 세워질 수 있었는지를 간략하게 말씀드릴 수 있어서 몹시 감격스럽습니다."

그는 독립문을 바라보면서 당시를 회상하듯 긴 축사를 했다.

바쁜 나날을 보내던 어느 날 조선 호텔에 친척들이 찾아왔다.

"어서 들 오시게. 어쩐 일들인가?"

"아저씨께선 아들이 없으니, 양자를 세우셔야지요?"

"그건 낡은 풍습을 쫓은 쓸데없는 짓이야. 나에게 딸이 둘이나 되니 양자는 필요 없네!"

"오랜만에 오셨으니 부모님 묘소에 성묘는 가셔야 하지 않겠습니까?"

친척이 물었다.

"그건 개인적인 일인데. 나는 공인으로 더 중요한 나랏일 때문에 시간을 낼 수 없네!"

재필은 딱 잘라 말했다.

"저희는 귀국하셔서 기대가 큰데……."

찾아온 친척들은 민망한지 말을 흐렸다.

"난 지금 매우 바쁘니 할 얘기가 다 끝났으면 그만 돌아들 가시게나."

"아, 예……."

재필은 친척들이 물러가자 다시 업무에 집중했다. 그는 공과 사가 분명했으며, 관심은 첫째도 나랏일, 둘째도 나랏일, 오직 나라 생각뿐이었다.

그가 귀국하여 나랏일에 온통 집중하고 있을 무렵, 일부 정치인들이 독립협회를 확대하고 자신을 대통령으로 추대하려는 것을 알고 매우 놀랐다.

"나는 꿈에도 대통령이 될 생각이나 마음을 가져 본 적이 없소!

그러니 그만들 두시오. 정당을 많이 만드는 것은 혼란만 가져올 뿐이오. 지금은 가장 중요한 것은 단결할 때란 말이오. 알겠소?"

"지금 우리나라를 지켜낼 수 있는 분은 서 박사님이십니다. 다시 한번 생각을 헤아려 주십시오."

그는 거절했지만, 추대하는 운동이 계속되어 입장이 곤란했다.

"이승만을 따르는 사람들이 여러 신문에 나를 비난하는 글을 실었구나."

신문을 읽던 서 박사는 딸에게 말했다.

"아버지, 이젠 어떡하지요?"

"나는 국민에게 서로 화합하고 단결하라고 했는데 괜히 나 때문에 분쟁이 일어난 건 원하지 않아. 이젠 내가 할 일이 끝났으니 가능한 한 빨리 미국으로 돌아가자."

재필은 답답한지 창문을 열고 서울의 공기를 힘껏 들어 마셨다.

"아버지, 조국에 더 머물고 싶지 않으세요? 이제 가시면 생전에는 다시 못 오실 수도 있는데…… 저는 아버지 말씀에 따르겠어요."

딸 뮤리엘이 아버지를 바라보며 물었다.

"나도 좀 더 머물고 싶은데 어찌 이곳에 머물지 못하게 만드는구나."

1948년 5월 10일엔 남한에서, 8월 15일엔 북한에서 선거가 벌어져 나라는 남북으로 갈리고 말았다.

"정부가 수립되어 미 군정도 끝나고 내 의정관 자격도 끝났으니, 미국으로 가려는 거요."

"박사님, 조국에서 여생을 보내시지 않겠습니까?"

재필을 따르는 사람들이 물었다.

"여러분이 나를 추대해서 더 있을 수 없게 만들었잖아요. 새 정부가 마음껏 일하도록 떠나는 게 좋아요."

"정말 섭섭합니다."

"그동안 다들 고마웠소. 새 정부가 들어섰으니 함께 힘을 합쳐서 부강한 나라가 되었으며 좋겠소."

서 박사는 그들의 어깨를 다독이며 말했다.

미국으로 돌아가겠다고 마음을 결정한 서 박사는 한국 국민에게 당부 말을 했다.

"우리 역사상 처음 얻은 인민의 권리를 남에게 약탈당하지 말라. 정부에 맹종하지 말고 인민이 정부의 주인이라는 것이요. 정부는 인민의 종복이라는 것을 잊어서는 안 된다. 그러므로 이 권리를 외국이나 타인이 빼앗으려거든 생명을 바쳐서 싸워라 이것만이 나의 소원이다."

1948년 9월 어느 날 아침, 서재필 박사는 둘째 딸 뮤리엘과 비서인 임창영 박사와 함께 숙소였던 조선호텔 문을 나섰다. 호텔 앞에는 서 박사에게 마지막 인사하려는 많은 사람이 모였다. 너나 할 것 없이 팔십이 넘은 서재필 박사를 언제 또 만날 수 있을까 하는 아쉬운 표정으로 눈에는 눈물이 그렁그렁했다. 서재필 박사도 그들을 향해 손을 흔들면서 자동차에 올랐다.

"아버지, 코리아 사람들이 정이 많은 것 같아요."

딸 뮤리엘은 몰려든 사람들을 바라보면서 말했다.

"네 말이 맞다. 수없는 외세에 시달리면서도 꿋꿋하게 서로 위하는 마음이 곧 정이겠지."

서 박사는 차창 밖으로 다시 볼 수 없는 고국 산야를 눈에 담았다.

그가 귀국하는 날 만큼은 아니어도 인천으로 가는 길목에는 사람들이 손을 흔들고 개중에는 손수건을 흔들었다. 그를 지지하는 사람 대부분은 서 박사께서 다른 사람들 때문에 조국을 떠나는 것으로 여겼다. 그게 다 맞은 것은 아니지만 온전한 서 박사 자신 생각이라 할 수는 없었다.

배를 타는 인천항에도 수백 명의 환송객이 나와 있었다. 너무 울어서 눈이 벌겋게 부은 사람이 한둘이 아니었다.

"흑흑, 박사님 조금 더 머물다 가십시오."

"이제 가시면 언제 또 뵈올지. 부디 건강하시고 오래오래 사세요."

다시는 보기 어려운 여든네 살의 위대한 애국자 서재필 박사를 눈물로 보냈다.

"여러분! 지금은 울 때가 아닙니다. 서재필 박사님은 항상 우리 마음속에 계십니다. 서 박사님의 뜻과 업적을 기리며 기쁜 얼굴로 보내 드립시다. 선생님을 환송하는 뜻에서 만세 삼창을 하겠습니다. 암울한 시절에 이 땅에 태어나 나라를 반석 위에 올리려고 목숨 걸고 큰 뜻을 실천하신 우리의 현명한 지도자 서재필 박사께서 만수무강하기를 기원합니다."

김규식 박사가 슬픔에 잠긴 사람들 앞에 나서서 소리쳤다.

"서재필 박사 만세!"

"만세! 만세!"

"애국자 서재필 박사 만세!"

그들은 울음을 참으면서 만세를 불렀다. 애써 감정을 억누르고 있던 서 박사도 눈시울이 붉어졌다. 그리고 그들을 향해 손을 흔들었다.

"내가 떠나는 게 아쉬워하는 저 사람들이 다시는 다른 나라의 속국으로 살지 않고, 새 나라에서 평온하게 살았으면 좋으련만."

"아버지 바람대로 꼭 그렇게 될 것입니다. 출발할 시간이 다 되었어요. 어서 배에 오르셔야죠."

뮤리엘이 손을 잡으며 말했다.

서 박사는 딸의 팔에 의지한 채 한발 한발 배에 오르면서 자꾸 뒤돌아 보고 싶은 마음을 다잡으려는 듯 걸음을 쉽게 떼지 못했다. 배가 출발하려는지 뱃고동이 길게 울렸다.

"부우웅! 부우웅!"

여느 때보다 뱃고동 소리가 슬프게 들렸다.

'일생에 세 번이나 고국을 떠나야 했던 사람이 나 말고 누가 또 있을까. 나의 조국 조선아, 아니 대한민국아! 잘 있거라. 어머니 아버님! 안녕히……'

그는 기구한 운명인 자신을 생각하고 잠시 부모님을 떠올리자 말문이 막혔다. 그런 아버지의 마음을 아는지 뮤리엘은 아버지 손을 꼭 잡았다.

나라를 걱정하며
잠들다

긴 시간 배를 타고 미국으로 돌아온 서 박사는 건강이 좋았다. 집으로 돌아온 며칠 후 그는 이승만 대통령에게 '대한민국의 평화와 통일을 이루어 달라'는 편지를 보냈다. 옛 제자이지만 대통령에 대한 예우를 갖추어 자신을 스스로 제라고 표현했다. 신익희 국회의장에게도 감사와 당부 편지를 보냈다. 진정으로 새 정부가 잘해주기를 빌었다. 그는 몸은 떠나왔지만 정신은 고국에 그대로 남아있었다.

미국으로 돌아온 서 박사는 미디아 병원을 개업하고 다시 환자를 치료하는 데 마음을 다 썼다. 남과 북으로 갈라진 간간이 들려오는 조국 소식을 들을 때면 얼굴이 어둡고 슬퍼 보였다.

'이제 속국에서 벗어나니 같은 민족끼리 갈라지다니. 으흠.'

늦가을 햇살이 방안 깊숙이 비추자, 그는 며칠 만에 창가 소파에 앉았다. 붉게 물들었던 단풍이 다 떨어지고 바람에 달랑이는 몇 남지 않은 색 바랜 나뭇잎을 바라보았다. 서 박사는 고국에서 돌아온 후 몸에 힘이 급속도로 빠져서 침대에 누워지내는 날이 많아졌다.

"아버지, 오늘은 좀 괜찮으세요? 좋아하시는 생강차 드세요."

뮤리엘 찻잔을 가져와 탁자에 놓으면 물었다.

"네가 잘 보살펴 준 덕분인지 오늘은 몸이 가볍구나. 고왔던 나뭇잎이 어느새 다 져버렸어."

중얼거리듯 말하는 아버지를 뮤리엘은 말없이 바라보았다. 서 박사는 딸이 가져온 찻잔을 코 가까이 가져가 냄새를 맡고 후후 불어서 한 모금 마셨다.

"이맘때면 네 할머니가 담가 끓여 주신 바로 그 맛이구나. 딸아, 고맙다."

"길 건너 코리아 상점 아줌마께 생강차 만드는 법을 알려달라고 했더니 직접 만들어주셨어요. 아버지 드시고 건강해지시라고요."

"그게 사실이냐? 어쩐지 맛이 다르다 했더니. 이런 고마울 데가."

그는 따끈한 생강차 덕분인지 얼굴이 발그레 핏기가 돌았다.

그때 큰딸 스테파니가 왔다. 그는 같이 살지 않았지만 자주 아버지를 뵈러 왔다.

"오, 내 딸아, 어서 오너라."

"아버지, 오늘은 아주 좋아 보이세요."

큰딸은 아버지를 포옹했다.

"아버지, 아버지 얼굴을 스케치하려는데 괜찮으시겠어요?"

"그래? 주름이 덜 나오도록 그려다오."

"지금 그대로도 좋으신데요."

"주름진 얼굴을 그리면 네 엄마가 못 알아볼 게 아니냐. 허허."

서 박사가 웃으며 말했다.

"아, 엄마 보고 싶으세요?"

"꿈에 자꾸 네 엄마가 보이더구나."

큰딸은 고개를 끄덕이며 엄마가 알아볼 수 있도록 아버지 얼굴을 그렸다.

"아버지, 맘에 드세요?"

큰딸이 그림을 내밀었다.

"이 얼굴은 네 엄마와 행복하게 살던 때 모습 같구나. 뮤리엘이 멀리서도 금방 알아봐 주겠는걸. 허허."

서 박사는 그림을 한동안 바라보았다.

"아버지께서 기뻐하신 걸 보니 그림이 쏙 맘에 드시나 보네. 언

니가 화가라서 좋아."

작은딸 뮤리엘도 좋아했다.

그는 밖에서는 일할 때와 달리 매우 가정적이고 자상하고 다정한 아빠였다. 서 박사는 두 딸과 시간 가는 줄 모르고 밤 그늘이 질 때까지 이야기꽃을 피웠다.

그에게 유난히 길고 추웠던 겨울이 끝나가고 봄이 다가오는 어느 날, 고국에 보낼 삼일절 기념 축하 연설을 녹음했다.

"남북한이 서로 헐뜯고 다투면 안 됩니다. 남북한은 통일을 이뤄야 합니다. 민족의 과제임을 명심하십시오!"

작은딸 뮤리엘의 도움을 받으면서 가까스로 녹음을 마쳤다.

"딸아, 녹음이 잘 되었는지 틀어 보려무나."

"네, 아버지."

녹음된 그의 목소리는 힘이 빠지고 쇠약했다.

"나이를 드니 목소리부터 달라지는구나."

"아버지, 다시 할까요?"

"아니다. 됐다. 다시 한들 달라지겠느냐. 나 좀 누워야겠다."

그가 침대에 누우며 힘없이 대답했다. 그 녹음테이프는 한국으로 보내져 1949년 삼일절 날 라디오에 나갈 예정이었다.

시간이 조금 지나자, 서 박사의 건강이 조금씩 좋아져 몸의 움직임이 편해졌다. 가끔 병원에도 나가고 모임에도 참석했다. 그러던 어느 여름날이었다. 1950년 6월 25일 한반도에 전쟁이 일어났다는 청천벽력 같은 소식이 들렸다.

"이, 이런, 동족끼리 전쟁이라니!"

서 박사는 충격이 너무 컸던지 그대로 쓰러졌다. 급히 필라델피아 근교 몽고메리 병원에 입원했다. 진단 결과 방광암이었다.

"아버지 어떡해요. 흑흑."

"아버지!"

두 딸은 누워 있는 아버지를 보면서 몹시 안타까워했다.

"살 만큼 살았는데 너무 슬퍼 마라. 이제 너희 엄마에게 가고 싶다."

서 박사는 덤덤히 말했다.

그는 여름에 입원하여 가을이 지나 겨울을 맞았다. 서 박사 몸은 삭정이처럼 바짝 말랐다.

'이 전쟁이 언제나 끝날는지. 한강 다리까지 폭파하다니. 무고한 사람들이 목숨을 잃다니. 후유!'

그 와중에도 늘 한국 소식이 궁금하여 라디오를 틀고 한국 신문을 빠짐없이 읽고 또 읽었다. 그때마다 없는 힘을 모아서 내쉬는 한숨이 애처로웠다.

"아버지, 이제부터는 제가 신문을 읽어드릴게요."

"그럴래, 이제는 신문을 들고 읽기도 버겁구나."

그는 나중에는 신문을 들고 읽을 힘이 없어지자, 머리맡에 라디오를 두고 계속 틀었다.

그가 누워 있는 병원 침대 곁에는 늘 작은딸 뮤리엘이 지켰다.

"뮤리엘, 한국에서 온 소식은 없니?"

서 박사는 힘없이 물었다.

"아, 편지가 왔는데 깜박했어요. 읽을 테니 잘 들어 보세요. 아버지."

서 박사는 희미한 미소를 보이며 고개를 끄덕였다. 뮤리엘은 아버지 손을 꼭 잡고 편지를 읽었다. 그를 따르던 사람들이 간간이 고국의 소식을 전해주는 편지가 유일한 낙이었다.

1950년 1월 4일, 서 박사는 라디오를 틀었다. 중공군이 압록강을 건너 홍수처럼 남한으로 몰려왔다는 1·4후퇴에 관한 뉴스였다.

"내 나라 내 조국 코리아가 왜 이런 모진 고난을 겪어야 하는지? 왜 한국 땅에 다른 나라 군대가 활개를 치느냐고!"

그는 매우 격앙된 소리를 딸들에게 했다.

"아버지, 이제 코리아 걱정은 그만하시고 어서 나으셔야죠."

"아니 어찌 내가 태어나고 자란 내 조국 한국을 잊을 수 있단 말이냐. 이제 나도 떠날 때가 되었구나."

그는 눈을 감고 숨찬 소리로 말했다.

"아버지, 어디로 떠난다고 그러세요?"

뮤리엘이 다급하게 물었다.

"어디긴. 네 엄마가 기다리는 곳으로…… 들으면 맘이 편해지는 코리아 음악을 틀어다오."

큰딸과 작은딸은 아버지 양손을 나누어 잡았다.

"내가 죽거든 저 탁자 위에 있는 물건들을 관에 넣어다오. 스테파니야, 네가 그린 내 초상화도……내 열정이 오롯이 담긴 독립신문 창간호와 김옥균 형님이 주신 회중시계, 결혼반지, 만년필. 그리고 내 청소년 시절의 영광을 상징하는 홍패와 앵삼도 넣어다오."

서 박사는 숨이 찬지 끊었다가 다시 이어가며 말했다.

"아버지, 말씀대로 다 넣어 드릴게요. 조금만 더 힘을 내세요. 아버지!"

작은딸이 울먹이면 말했다.

"내 딸들아, 너희가 있어서 난 참으로 행복했다. 자꾸 잠이 쏟아지는구나. 허허."

서 박사는 웃으며 잠이 들었다.

여느 때보다 잠든 모습이 평온하고 숨소리도 꼭 갓난아기처럼 새근새근했다.

"오늘따라 저리 오래 주무시는 거야."

몇 시간이 지나도 깨지 않은 아버지를 큰딸이 흔들어 깨웠다.

"아, 아버지! 정신 차리세요!"

"아무래도 의식이 없는 듯합니다."

서재필 박사는 두 딸과 의사가 온몸을 주물러도 깨어나지 않았다.

"아버지!"

"아버지!"

애타게 아버지를 부르는 두 딸의 눈에는 쉼 없이 눈물이 흘렀다.

1951년 1월 5일 밤. 여든일곱 살의 서재필 박사는 끝내 병석에서 일어나지 못하고 눈을 감았다. 자나 깨나 걱정하던 고국 땅을 다시는 밟지 못하고 필라델피아 코렐 묘지에 안장되었다.

서재필 연보

1864년 1월 7일	전남 보성군 문덕면 가내마을 출생. 부친 서광언과 모친 성주이씨의 4남 1녀 중 차남.
1871년	충남 대덕군 재당숙 서광하의 양자로 출계 직후 서울 양외숙 김성근의 집으로 유학.
1882년 3월	별시 문과 최연소 급제 교서관 근무. 서광범을 통해 김옥균과 첫 만남.
1883년 5월 20일	김옥균의 뜻에 따라 일본 도야마 육군 학교로 군 사 유학(사관 과정)
1884년 7월	기본 과정 수료한 생도를 인솔하여 귀국.
1884년 10월	조련국 사관장 임명.
1884년 12월 4일	김옥균 박영효 홍영식 서광범 등과 갑신정변 주 도. 병조참판 및 정령관.
1884년 12월 11일	일본으로 피신.
1885년 5월 26일	박영효, 서광범과 미국행.
1885년 6월 11일	미국 도착 1년간 홀로 막일과 영어 공부.
1886년 9월	기숙 중고등학교인 해리 힐맨 아카데미에서 2년 여 공부.
1888년 여름	미육군 도서관 사서로 취직. 동양의서 색인. 코코 란 과학학교 입학.
1889년 가을	콜럼비안대학교 의과대학(야간부) 입학. 3년간 공부.

1890년 6월 19일	미국 시민권 취득.
1892년 3월 17일	콜럼비안대학교 의과대학 졸업. 의학사 취득. 가필드병원에서 수련의 과정.
1892년 4월	의사 면허 취득, 이후 군의감 의학연구소 등에서 의학 연구.
1894년	가필드 병원 병리학, 세균학 실험실 책임자. 콜럼비안대학교 의과대학 세균학 조교수 등 역임.
1894년 6월 20일	뮤리엘 암스트롱과 결혼(딸 스테파니, 뮤리엘)
1895년 12월 25일	11년 만에 귀국.
1886년 1월	중추원 고문임명. 19일 관료대상 공개 강연회.
1896년 4월 7일	독립신문 창간.
1896년 5월 21일	배재학당 목요강좌 1년간 진행.
1896년 7월 2일	독립협회 창립.
1896년 11월 21일	독립문 건립기공식 거행.
1896년 11월 30일	협성회 결성.
1897년 5월 23일	독립관 완공.
1897년 8월 8일	독립협회 토론회 시작.
1897년 11월 20일	독립문 완공.
1898년 3월 10일	1차 만민 공동회 개최.
1898년 5월 14일	2차 미국으로 돌아감, 독립신문은 외국인 명의로 두고 윤치호에게 운영을 맡김.
1898년 9월	군의관으로 미국 스페인 전쟁에 자원입대, 11월 초 이전 복귀.

1899년	펜실베니아 대학 위스타 연구소 연구원.
1904년	윌크스베리와 필라델피아에서 디마엔드 제이슨 상회 공동 경영.
1905년 7월	미국 대통령에게 청원서를 제출하려는 이승만과 윤병국 도움.
1914년	필라델피아에서 필립 제이슨 상회경영. 시 상업회의소 회계.
1918년 12월	영문 잡지 발행에 대한인국민회 협력 요청. 총회에서 부결.
1919년 4월 14일	필라델피아에서 1차 한인대회 주최, 16일 폐회.
1919년 4월 22일	미주 선전 기관인 한국통신부 설립 및 책임.
1919년 5월 16일	필라델피아 한국 친우회 결성.
1919년 6월	유학생 영문 잡지를 인수하여 미국인 대상 영문 잡지 '코리아 리뷰' 간행.
1921년 2월	영문 소설 '한수의 여행' 연재/ 1922년 단행본으로 출간.
1921년 4월 18일	구미위원부 임시 위원장 임명.
1921년 9월	워싱턴군축회의 관련 활동 및 한국 부대표 임명.
1922년 8월	'코리아 리뷰' 7·8호 발행을 끝으로 종간.
1924년 봄	필립제이슨 상회 파산.
1925년 4월	유일한과 한인출자한 유한 주식회사 사장으로 필라델피아지점 경영.
1925년 6월~8월	호놀룰루 범태평양회의에 한국대표단 고문으로 참가.

1926년 9월 ~1927년 4월	펜실베이니아대학 의과대학 특별장학생으로 의학 복귀.
1927년 11월 27일	병리학 전문의 자격취득, 여러 병원 근무 및 논문 발표.
1934년	폐결핵으로 휴양.
1935년	체스터시에 개인 병원 개원. 이후 '신민일보' 등에 투고.
1941년	부인 뮤리엘 암스트롱 별세.
1942년 1월 ~1946년 1월	미군 지병 검사관으로 의료봉사. 1946년 1월 공로 훈장 서훈.
1947년 7월 1일	미 군정 최고 고문 및 과도 정부 특별의정관으로 2차 귀국.
1948년 3월	남북회담지지. 비서 임창영 귀국.
1948년 7월	대통령 추대 거절 및 초고 고문직 사임 의사 표명.
1948년 9월 11일	3차 고국 떠나 미국으로 돌아감. 병원 진료 계속.
1951년 1월 5일	노리스타운 소재 병원에서 별세.
1977년	대한민국 정부가 건국훈장 대한민국장 추서.
1994년 4월 5일 ~8일	서재필 박사 유해 보성 문덕 고향 안치 .
1994년 4월 8일	유해 봉환 후 국립 서울현충원 애국지사 묘역에 안장.

참고 문헌

《한수의 여행》서재필, 1922.

《인간 송재 서재필》(재)송재 서재필박사 기념 재단, 2007.

《서재필 개화 독립 민주의 삶》(재)송재 서재필기념 사업회, 2008.

《서재필 평전-시민 정치로 근대를 열다》이황직, 신서원, 2020.

《서재필 광야 서다》고유, 문이당, 2008.

《한국 개화 사상과 선각자들》광주전남출신을 중심으로, 광주 향교 창립기념세미나, 2019.

《나의 뿌리를 찾아서-종중 포럼》성주 이씨 참의공파종회, 2023.

《소설 서재필》고승철, 나남, 2014.

《개화기의 선각자 서재필》김삼웅, 도서 출판 두레, 2023.

민족의 지도자, 서재필

초판 1쇄 발행 2024년 9월 12일

지은이 서동애
펴낸곳 글라이더
펴낸이 박정화
편 집 이고운
디자인 디자인뷰
마케팅 임호

등록 2012년 3월 28일 (제2012-000066호)
주소 경기도 고양시 덕양구 화중로 130번길 32(파스텔프라자 405호)
전화 070) 4685-5799
팩스 0303) 0949-5799
전자우편 gliderbooks@hanmail.net
블로그 https://blog.naver.com/gliderbook
ISBN 979-11-7041-153-6 (43810)

ⓒ 서동애, 2024

이 책은 저작권법에 따라 법에 보호받는 저작물이므로 무단전재와 복제를 금합니다.
이 책 내용의 전부 또는 일부를 재사용하려면 사전에 저작권자와 글라이더의 동의를
받아야 합니다.

이 책은 🏛️**전라남도** 전라남도, 🏛️**문화재단** (재)전라남도문화재단의 후원을 받아
발간되었습니다.

책값은 뒤표지에 있습니다.
잘못된 책은 바꾸어 드립니다.